马尔特手记

[奥] 里尔克 著 唐际明 译 费洛 导读

Die Aufzeichnungen des Malte Laurids Brigge

上海文艺出版社

Rainer Maria Rilke
DIE AUFZEICHNUNGEN DES
MALTE LAURIDS BRIGGE
根据 Insel Verlag 1982 年版译出

导读

"成长者"马尔特

伟大的德国小说，在堪与媲美的英国、法国和俄国小说之外，孕育出两个独擅胜场的类别，一类是"成长小说"（Bildungsroman），另一类是"艺术家小说"（Künstlerroman）。"成长小说"的主人公是一位心智初开的青年，立志于探索人生和心灵的最高境界，克服重重困难实现向这一境界的成长，当成长的力量来自诗和艺术，"成长小说"便会与"艺术家小说"融合。"艺术家小说"叙述一位特立独行的艺术家，他是诗歌、音乐或绘画精神的化身，凭靠此种精神成为英雄，完成他的伟业；艺术家小说探讨他的生活方式所涉及的各种问题（爱情、婚姻、家庭、友情、与社会的关系等等），当艺术家的心灵成长凸显为主要问题，"艺术家小说"便与"成长小说"融合了。

里尔克的这部《马尔特手记》，正是融"成长小说"与"艺术家小说"为一体的"艺术家-成长小说"（Künstler-Bildungsroman），且以最为独特的方式将之推向巅峰。有别于同类小说此前著名的先例，如歌德的《威廉·麦斯特的学习时代》和诺瓦利斯的《海因里希·冯·奥弗特丁根》，其主人公踏上一条"外在的"游历之路，去追寻某种理想中的事物（当然，游历于外部世界的追寻过程，象征着内心世界的成长过程），《手记》的主人公来到巴黎并居留于此，但巴黎并非他游历外部世界的终点，倒是他内心世界之成长的起点，是他踏上的那条"向内之路"（Weg nach Innen）的起点。

《手记》的主人公马尔特出生于北国丹麦，全名马尔特·劳里茨·布里格。于某个秋日，他独自抵达巴黎，落脚于拉丁区图利耶路上的一家小旅馆，穷困潦倒地度过了那年的秋天和冬天，迎来了次年的春天。他何时离去，无从知晓，他的离去和到来一样不着痕迹。可是，逗留巴黎的这段时间内，他在四壁萧然的旅馆房间里写下一篇篇手记，记录了内心发生的深刻改变和脱胎换骨的成长。

这位默默无闻的青年，形单影只，身无长物，他是背井离乡的远行者，是与传统脱离联系的现代人。最初的抵达，立即在他身上触发了一系列的"巴黎印象"，这些印象围绕感官遭受的种种外界刺激——闻到的气味、听到的声音和见到的景象。巴黎日常生活里的各种气味和噪音，甚至片刻的寂静，都会令他不安；而目之所见，与疾病和死亡联系在一起的医院更是带来恐惧。这些印象紧紧缠绕着他，让他无论走到哪里都带着恐惧与不安，挥之不去，至多只有短暂的停歇。

巴黎市中心由先贤祠、卢森堡公园、圣米歇尔大道、卢浮宫、杜伊勒里公园和香榭丽舍大道组成的令人流连忘返的空间，马尔特也徜徉于此。秋日清晨旭日东升的杜伊勒里公园（11——指《手记》的节数，下同），月色皎洁的新桥（12），轩敞明亮的（老）国家图书馆阅览大厅（16），拉辛路的豪华商店（16），塞纳河畔的旧书贩和古董铺（17），空荡的田野圣母院路（5），宽阔且同样空荡的圣米歇尔大道和广场（21），展示巴黎主保圣女《圣日南斐法的一生》壁画的先贤祠（22），悬挂《独角兽旁的夫人》壁毯的克吕尼中世纪博物馆（38），所有这些，都让他驻足遐思。——然而，那些到处可见的医院，却更加触目惊心。他最初记下的印象便是一家妇产医院（1）和圣雅克大街上的"圣宠谷军医院"（1），另外又述及巴黎圣母院附近的"主公医院"（6—7）和萨伯特慈善医院（19），描写的类似处所还有价格低廉的夜宿所（1），把垂死之人载往医院、每小时收费两法郎的出租敞篷马车（6）。

所有这些感官的"印象"都引向"恐惧与不安"的在世体验，归结于"生与死"的对立。这正是现代生活的症结所在。马尔特深切感受到，无孔不入的噪音让人不再拥有属于自我的"寂寞"，人的自我被各种噪音轻易穿透；而"死"也不再具有完成生命的意义，医院里毫无个性的批量的死代替了"自己的死"。

如何对抗这无所不在的"恐惧与不安"？马尔特是一位诗人，求助于写作。可他此前写过的诗受着情感的摆布，都是不成熟的吟风弄月。事实上，他的诗尚未开始。他必须首先成为"初学者"，一位"成长者"。这意味着，不再执念于自己是迟到的"后来者"，而要将人类的一切发明、进步、文化、宗教和世界历史置诸脑后，让自己从"先来者"的数不尽的遗物里挣脱，回到自己此在之初的本原，从而成为"最先者"。如此方能在成就自己的寂寞里成长，开始他的工作。这正是他在纲领性的第14节手记里做出的决定：

> 这位年轻的、无足轻重的外国人，布里格，得在五层阶梯高之处坐定，书写，日以继夜。是的，他必

须写，这将会是个了结。（见本书第23页）

为了回到此在之初的本原，他着手"童年回忆"的写作（15）。尽管这个主题很快被打断，他还要一次次地对抗自己的不安和恐惧（16—26），但最终，他得以在"五层楼上的"寂寞里聚精会神，专注对童年的回忆（27—44）。

回忆童年，不是人们通常以为的那样，让自己重返假想中的天真无邪、无忧无虑的美好年代，而是把生命之初的各种体验，以其本真的状态召唤到眼前。只有向着童年回忆，栩栩如生地再现那些人生之初的铭心体验，才能将自己究竟是"谁"，从何而来，"我"的本质揭示出来。这些体验几乎与天真无邪、无忧无虑全不相干，既包含爱、快乐、惊异和神奇之感，也包含焦虑、不安、畏惧和惊恐。对于像马尔特这样的现代人而言，后者的比重更胜于前者，更有必要予以特别关注。一旦他通过回忆把这些体验本真地召唤到眼前，他也就回到了自己此在的本原。他观看着身处这些体验的"童年之本我"，有如金蝉脱壳一般地从"一己小我"当中脱离出另一个更高的"我"，一个寓托"人"之存在的"大我"。这个"我"在"童年回忆"里不断地壮大，不断地提升。"一己小我"愈是向"童年之本我"敞开，愈是被后者充盈，这种脱壳和蜕变的过程就愈是彻底,好比是被之灵魂附体后,突然释放出一种久已尘封的生命活力。

这个意义上的"童年回忆",在马尔特的手记里由"童年体验"和"家族往事"两个相互交织的面向组成。"童年体验"围绕着"恐惧与不安"(20:童年的种种恐惧,27:妈妈的恐惧;29:"手的故事",对离奇事物的恐惧;32:镜前,看到戴着面具的"我"变成陌生人的恐惧;42:造访邻居舒林家,对鬼魂和幽灵的恐惧)、"生病"(30:发高烧的谵妄)和"无法理解的经验"(43:一切都出了差错的生日),但也有快乐(31—32:变装和变身的乐趣)、着迷的时刻(41:翻卷和欣赏蕾丝花边),以及童年友谊的喜悦(34:画廊里的意外相逢;35:唯一的朋友小艾立克)。凡此种种,都是他人生之初的铭心体验,蕴蓄着此在的本真状态。

"家族往事"则主要述及父系和母系的家族成员,他们对马尔特"自我"的塑形起到至关重要的作用。维系父系一族的主题是"死",最突出的是马尔特的祖父,侍从官克里斯多夫·德特勒夫·布里格,他在乌斯加尔德庄园祖宅里的宏大的死,是"自己的死"之典范(8);此后,父亲之死已趋没落,他在城里一间出租公寓里做了"穿心手术"后最终死去(45);孤僻严厉、无法理解"死"的祖母玛格丽特则是祖父的一个对立面（另一个对立面是妈妈的死：不同于祖父之死发生于内里，它发生于表面和感官，33）。

相比之下，母系一族的成员人数更多，也更为奇特。首先是居住于乌楞克罗斯特古堡的外祖父布莱伯爵，他热衷于超自然力量和灵异事件，拥有无视时间顺序而对生死一视同仁的能力，并且最擅讲述。他的儿子，克里斯蒂安·布莱伯爵，云游四海，过着冒险的生活。他还有三个女儿，马尔特的妈妈，妈妈的妹妹英格褒，以及最小的妹妹阿伯珑妮。马尔特最喜爱这位美丽的阿伯珑妮，因她善于歌唱，迷恋写作，教导童年的他阅读、观看和爱。另外还有一位以少校军衔退伍的叔父隐居古堡从事炼金术；妈妈的一位远方表亲，与奥地利某招魂师通信并听命于此人的玛蒂德·布莱；一位堂姐的儿子，有一只眼睛无法转动的小艾立克，他与外祖父无需语言交流而直接心灵相通。最后是那位很久以前死于分娩的克莉丝汀·布莱，她的鬼魂屡次出现于家族晚餐的厅堂里。

"讲述"是维系母系家族的最重要主题。"妈妈给我讲述英格褒"（27），"妈妈给我讲述狗的故事"（27—28），"我想给妈妈和艾立克讲述手的故事，但最终只能对自己讲述"（29），"我也许可以向你（艾立克）讲述一些事情"

（35），"阿伯珑妮给我讲述妈妈的少女时代"（37），"我不愿讲述你，阿伯珑妮"（37），"老伯爵向阿伯珑妮讲述自己的童年"（44）。这最后一段讲述经由马尔特的回忆被重新讲述，构成了"童年回忆"的高潮（也是一幅马尔特自己所做"童年回忆"的镜中像）：拥有把"曾在的与未来的统统当成实在的"能力的外祖父，"回忆"他自己的童年，通过"讲述"赋予存在，"仿佛将什么永存之物置入空间之中"，并让被述者真的"看见"。从外祖父到阿伯珑妮到妈妈再到马尔特，也是一个真正的"讲述"能力没落的过程，但是马尔特通过自己对"童年体验"和"家族往事"的讲述，尤其是重述外祖父布莱伯爵对他自己的童年的讲述，开启了相反的上升过程，让"讲述"成为他所经历的内心"成长"的枢纽。

为何是"讲述"？因为马尔特是一位诗人，一位还在"成长中"的诗人。他自称过早地开始写诗（14），但整部《手记》里并没有记录他的任何一首诗，却完全用散文写就。仿佛他故意回避作诗，还如此辩解：

> 写诗需要耐心等待，并且搜集寓意与甜分，花一辈子的时间，如果可能的话，一个长的辈子，然后，在生命的尽头或许能够写出十个诗句，真正好的。因

> 诗并非，如世人以为的，情感（这个人们在早年就已充分具备了），——它是经验。（14，**见本书第18页**）

"情感的诗人"，如每位多愁善感的青少年所是，只是"主观的诗人"。那无休无止的即兴抒情，把他局限于一己之小我当中无法自拔。他必须挣脱这些表层的情感，沉潜到人和万物的存在的深处，成长为"经验的诗人"，把一己之小我扩大到无我之大我，出离"主观"而成为"旁观的诗人"。

于是，马尔特暂且搁下他的诗笔，用散文来淬砺"经验"，去认识和感受人与物，回忆自己的童年，也"回忆"他人的经历。这些散文体的手记是向着诗歌创作的准备，是一个从情感到经验的转变过程。他诉诸"讲述的艺术"来实现这一转变，因为真正的"讲述者"恰恰是一位沉潜到万物和人的存在深处的"旁观者"，他从经验——而非情感——构筑一个全新的"被讲述的世界"，从根本上转化世界的意义。

马尔特对"讲述的艺术"的学习在《手记》里逐步展开。初抵巴黎的他还是一位主观的抒情诗人，完全生疏于"讲述的艺术"，他只能记下一些印象的片段，无法跳脱这些飘忽不定、支离破碎的印象，但他的成长也于此起步：他努力剔除"巴黎印象"里的"情感"成分，从中提炼出"经验"，经由"回忆"掌握"讲述的艺术"，而"巴黎印象"部分插入的两段关键的"童年回忆"——"祖父之死"（8）和"外祖父之家"（15）——便是最初的成功尝试；《手记》的中间部分集中于"童年回忆"，都在运用"讲述的艺术"深入"童年之本我"，把此种艺术渐渐带入得心应手之境；末尾部分更是由近及远，从两则"邻居"的故事开始（49—50），到历史典范人物的故事（54：伪沙皇格里戈里·奥特列皮耶夫的终结；55：大胆查理的败亡；61—62：疯子查理六世；61：教皇若望二十二世），最后到超脱历史的神话典范人物的故事（68：怪人沉思萨福；71：浪子回家），这些故事把"讲述的艺术"发挥至炉火纯青，与其他关于相同主题的反思性文字，以及对"童年回忆"的讲述（如56："学习阅读"）和从"童年回忆"转化而来的讲述（如69："阿伯珑妮在威尼斯的歌唱"）相互穿插，构成了一个旁观的叙事诗人的"经验"和"回忆"。终于，到了圆满结尾之时，诗人马尔特才借着"威尼斯的丹麦女歌者"之口，唱出一首"爱之歌"（69）。对"讲述的艺术"的掌握过程，让马尔特突破一己之小我，贯通人类历史与神话，进入历史人物与神话人物最独特的爱与死的体验，实现了一种深层的向内成长。

这条向内的成长之路，正是走向一门新的"艺术宗教"之路。来到巴黎的马尔特好比是来到沃尔普斯韦德的画家们开始他们的成长，又像是定居于巴黎的罗丹那样成长于巴黎；在他身上发生的，犹似沃尔普斯韦德画家们向着更伟大的罗丹的成长。这门新的"艺术宗教"，一如沃尔普斯韦德画家们所确立的"风景画的艺术宗教"和罗丹所确立的"雕塑的艺术宗教"，是"讲述"的"艺术宗教"。马尔特向着这门新的"艺术宗教"的成长之路，把"讲述的艺术"所特有的艺术体验推衍到极致，成为人最本真的生命体验，与之相关的艺术创作成为人最本真的存在方式，从事这种艺术创作的人成为以最本真的方式存在的人。他从"巴黎印象"当中提炼出最重要的几个主题——恐惧和不安、死和爱——在他至深的寂寞里返回童年，围绕这几个主题诉诸"童年回忆"来学习"讲述的艺术"；逐渐地，终于在日复一日的写作中掌握了这门艺术，构造出一个整全的"被讲述的世界"，从而完成了这几个主题，圆满于"浪子回家"这则被重新讲述的寓言的全新世界。

所以，"手记"并不仅仅指称这部小说的形式，而且也是它真正的主题：马尔特记下的文字，从最初的印象到童年的回忆，再到故事的讲述，既是艺术上的成长，亦是他向着人最本真的存在方式的深入。马尔特作为艺术家的成长，不仅转化了人的存在方式，也转化了整个世界的意义。"成长者马尔特"身上实现的这一双重转化，让他成为"讲述的艺术"这门新的"艺术宗教"的奠立者。尽管这位奠立者自己不知所终——就像回家的"浪子"不知是否真的会留下——却用他的《手记》向我们昭示了这个成长过程的艰难与伟大。

费洛

二〇二三年十月

目 录

导读 / 费洛　　　　　　　　　　　　　i

马尔特手记　　　　　　　　　　　　1

译后记　　　　　　　　　　　　　237

译名对照表　　　　　　　　　　　241

马尔特手记

9月11日，图利耶路

那么，所以说人们来到这里是为了生活，我反倒觉得这里弥漫着死亡的气息。我出门去了。见到：好几间医院。看见一个人步履踉跄，然后倒卧在地。众人围聚在他的四周，免去了我目睹后续。看见一位孕妇。她沿着一道高耸、暖阳洒落其上的围墙艰难地挪动身躯，间或用手摸摸围墙，仿佛要确认它是否还在。是的，它还在。墙的后头是？我查看手中的地图：妇产医院。很好。他们会帮她分娩——他们能够。继续前进，圣雅克路，一栋庞大的圆顶建筑。地图上标注的名称是圣宠谷军医院。我其实不需要知道这个，但知道了也没什么妨害。开始闻到巷内从四面八方飘来的混杂气味。就可辨识出来的，有像是三碘甲烷、炸薯条的油脂、恐惧的气味。所有的城市在夏季都充斥着各种气味。然后见到一栋奇特的、仿若罹患白内障的房子，地图上并未标示这栋建筑，不过大门上面的字迹还清晰可辨：Asyle de nuit（法：夜宿所）。入口旁挂着价目表。我看了。并不昂贵。

还有什么呢？一名小孩，躺在一辆停住的婴儿车上，胖硕，脸色泛青，额头上还有一块显目的斑疹。显然在消退中，不痛。小孩睡着了，嘴巴张开，吸进三碘甲烷、炸薯条的油脂、恐惧。这没什么。重点是人活着。这是重点。

2　　我无法开窗就寝。电车打着铃，疾驰穿越我的小室。汽车从我头上驶过。一扇门砰地一声关上。某处有片玻璃哐啷一声掉落在地，我听见大块的玻璃片纵声大笑，小碎片嗤嗤窃笑。然后，突然从另一头，屋内深处，传来一阵沉闷、封闭的声响。有人登上楼梯。走近，不断走近。到了，早就到了，走过去了。然后，再又是街上。一位女孩在尖叫："Ah tais-toi, je ne veux plus.（法：哦！闭嘴，我不想。）"电车躁动不安地驶来，驶过，驶过一切。有人在呼喊。几个人在奔跑，彼此追赶。一只狗吠叫。啊，多么令人心安啊：一只狗。接近黎明时分，甚至还有一只公鸡在啼叫，予人无尽的慰藉。然后，我突然入睡了。

3　　这些是声音。但这里还有更骇人的：寂静。我相信在失大火时，有时会出现这样一个气氛极度绷紧的瞬间，喷水管尽皆落下，消防员不再攀爬长梯，所有人都纹丝不动。一道漆黑的檐口线脚在上面无声地往前推移，一堵高墙，其后冒出熊熊大火，倾斜，无声。万物伫立，耸起双肩静待，额头紧皱，等待那可怕的一击。这里的寂静即是如此。

我正在学习看。我不晓得何以如此，但一切都更深入我内里，而没止步于通常终止之处。我有个我不知其存在的内在世界。如今一切都往那儿奔去。我不晓得，发生了什么事。

我今天写了一封信，这才想到我人在此地仅仅三个星期而已。其他地方的三个星期，比方说乡下，可能仿佛仅有一日，在这里则宛若数年。我也不要再写信了。何必要告知别人我改变了呢？我若改变了，我就不再是以前的我，与截至目前的我有些差异了，那么显然的，我就没有熟人了。给陌生人写信，给不认识我的人写信，在我是不可能的。

我说过了吗？我在学习看。是的，我才刚开始。进展得仍不甚顺利。不过，我愿善用我的时间。

比方说，我从未意识到世上到底有多少张脸。这个世界上有不少人，但有更多张脸，因每个人都同时拥有好几张脸。有些人长年都戴同一张脸，自然而然就把它用旧了，脏污，起折痕，犹如旅行期间穿戴的手套变得宽松了。这些是节俭度日的老百姓；他们不更换它，甚至不清洗它。他们认为它已经够好了，而有谁能跟他们证明事实正好相反呢？那么自然而然也就会生出个疑问，他们不是拥有很多张脸吗，他们如何处置其他的脸？他们将它们收藏起来。他们要让他们的小孩佩戴这些脸。不过，也会出现由他们的狗儿戴着这些脸出门的情况。为什么不呢？脸就是脸。

其他人则频繁更换他们的脸，一张接着一张，把这些脸都戴穿了。起初他们以为永远有脸可供替换，结果未满四十岁，就只剩下最后一张。这么一来悲剧就难以避免了。他们没养成珍惜脸的习惯，最后一张用不到八天，即已戴穿，出现破洞，多处部位被磨损得单薄如纸，内垫也逐渐暴露在外，非脸之脸，他们就这么戴着，四处晃荡。

但，女人，女人啊：她整个陷入自身内，上身前倾，将脸埋入双手中。这是在田野圣母院路的转角。我一看见她，就开始放轻脚步走。当可怜的人在思考的时候，不应该打扰他们。也许他们真会想出什么法子来。

但街上太空荡了，这个空旷百无聊赖，从我脚下抽走我的脚步，四下翻转，这儿那儿，就像是在玩弄一只木鞋。女人受到惊吓，仰起上身，动作太急太猛，以至于脸还留在两只手上。我看见它躺在她的手里，空虚的外壳。

我得竭尽全力才能把目光留在这双手上，不去看它们扯下后的景象。瞧见一张脸的内面，令我毛骨悚然，但我更害怕目睹无脸的、露出大片伤口的头颅。

我恐惧。一个人一旦心中有所恐惧，就该采取法子对治。在这里生病会是很凄惨的，若有人兴起将我送往主公医院[1]的念头，我肯定会在里面死去。这栋"旅馆"是一间舒适的"旅馆"，人来人往。人们想要欣赏巴黎圣母院的正面，几乎不可能不冒着被车子碾过的危险，被那些非得尽快穿越腾空出来的广场的众多车辆之一。这些是小巴士，不间歇地打着铃，若有一位垂死的凡夫俗子打定主意径直前往神之旅馆，那么甚至萨冈公爵也不得不叫停他的马车。垂死的人是很固执的，当勒格朗夫人，一位来自殉道者街的旧货商，被载往西堤岛某座广场时，全巴黎都会为之暂停。我注意到这些该死的小车皆装着引人幻想连篇的雾面窗玻璃，可以想象其后正上演着怎样动人心弦的垂死挣扎；对此，门房的幻想力即绰绰有余。倘若想象力更为丰富，并朝另一个方向发展的话，那么冒出来的胡思乱想就几乎没有尽头了。不过，我也曾见过驶来的是敞篷马

---

[1] Hôtel-Dieu，巴黎的一所济贫医院，就字面意思而言：Dieu 为神，Hôtel 则是旅馆。——译注（后文脚注未特别说明的均属里尔克的原注。）

车，篷盖掀开的钟点出租马车，普遍收取的车资：临终时刻两法郎。

7　　这栋名声卓越的"旅馆"历史悠久，早在克洛维国王的时代，即设有数张供人告别尘世的床。现今则有五百五十九张临终床。这么一来，自然而然就如工厂一般的运作了。在大量产出的情况下，个别死亡无法再执行得那么周全，不过目标也不在此。量多才是。有谁现今还愿意支付一个妥善处理的死亡呢？没有人。甚至富人，还负担得起体面离世的人，也开始变得漫不经心与漠不关心；想要拥有一个个人之死的愿望，变得越来越罕见。再过些时候，它就会像拥有一个自己的人生一样稀罕了。神啊，一切皆是现成的。人来到世间，觅得一个人生，业已完成的，只需穿上身即可。人欲离开，或被迫如此：如今，也无需多费什么劲：先生，这是您的死亡。人死去，就像碰巧该发生的事。人命丧于死亡，死亡是人所罹患的疾病的一个环节（因自从世人认识了所有的疾病，也就清楚各种致命的终结皆归结于疾病本身，并不是人；病患，可以这么说，与此毫无关系）。

在疗养院，一个让人心甘情愿且带着对医生与护士深切的感激之情告别尘世的地方，人的寿命是结束于一个院方安排的死亡；这种方式是被乐见的。但如果是在家里咽气的，那么自然就要选择那种好人家的合乎礼仪的死亡，一流的丧礼与一整套繁复华丽的仪式亦会一并开展。这时，穷人们都会聚集在丧家屋前看个过瘾。后者的死亡自然是平庸的，无需耗费什么周章。若能找到一个差不多合适的死亡，他们就会很开心。过于宽松也无妨：反正，人总还会再长大一点。只要不紧勒胸膛，或者扼住脖子就好，否则，情况就不妙了。

当我回忆起老家，如今那儿都没我的亲人了，我就会相信从前的情况肯定不同。以前的人晓得（或也许仅是隐约感到），人的体内有个死亡，犹如果实里的果核。孩童有个小粒的，成年人则有个大颗的。女人的是在子宫里，男人的则在胸腔中。人拥有它，即被赋予一种独特的威严与沉静的骄傲。

我的祖父，老侍从官布里格，也还是如此的，可以看得出他携带了个死亡在体内。并且是怎样的一个啊：历时两个月之久，还发出那么嘹亮的声响，以至于田庄上的人家也能听闻。

长长的古老宅邸装不下这个死亡，看似非得扩建厢房不可，因侍从官的躯体变得越来越庞大，他又不断命令人将他从一间厢房抬至另一间，倘若一日未尽，却已再无一间没待过的房间，他还会大发雷霆。于是，终日围绕其身边的由仆役、侍女与家犬组成的队伍只好一齐登上楼梯，在总管的先行带领下，进入其亡母的厢房。整间房间还保持二十三年前她过世时的样貌，从未有人获准进入。现在这帮人就如同暴徒般闯入。窗帘全被拉开，扯至边上，夏季午后粗暴的阳光一一检视房内所有怯生生的、受惊的物品，于裂开的镜里笨拙地回身。人类也不遑多让。几名侍女被好奇心驱使得左顾右盼，浑然不觉自己的手正摆放在何处。年轻的男仆张大眼睛，盯着每样东西仔细瞧，年长的佣人则四处走动，试图回忆起关于这间厢房的所有传闻，这间原本始终深锁，此刻他们有幸驻足其间的厢房。

然而，置身于每样物品皆散发出浓重气味的房间，尤其令狗兴奋异常。高大修长的俄罗斯猎犬们忙碌不休地在靠背椅后面来回奔走，踏着长舞步，伴随着摇摆的动作，穿越整间厢房，竖起上半身，犹如徽章上的犬像，细长的前爪搭在白底镶金边的窗台上，尖长的脸露出急切的神情，额头拉平，左顾右盼，俯视窗下的庭院。矮小的黄毛猎獾犬们则面带仿佛一切皆理所当然的表情，蹲坐在靠窗的宽大丝绸沙发椅上，还有一只毛发如雕刻刀般刚硬，看来闷闷不乐的短毛大猎犬靠在一张桌脚镀金的桌子边上摩擦后背蹭痒，使得桌上彩绘托盘里的塞夫尔瓷杯也因此摇晃不已。

确实。对于这些睡眼惺忪、神情恍惚的东西而言，这是一段恐怖的时光。惨剧层出不穷地发生，一只莽撞粗鲁的手笨拙地翻开书籍，玫瑰花瓣纷纷从书页间掉出，翻飞落下，又被无情践踏。小巧娇贵的物件被人一把抓住，立即碎裂，又迅速被归于原位，一些被折歪的物品被塞到窗帘下，甚至被丢到壁炉栅栏的镀金丝网后面。时不时有物品坠落，闷声地掉落在地毯上，响亮地摔在坚硬的镶木地板上，到处都有东西被打破，尖锐地爆裂，或近乎无声地迸裂，因这些东西原先是怎样的备受呵护，承受不住任何粗心大意的碰触啊。

若有人想问，这一切所为何来，是什么给这间本来被小心翼翼地保护着的厢房，带来如此铺天盖地的毁灭，——那么答案只有一个：死亡。

侍从官克里斯多夫·德特勒夫·布里格在乌斯加尔德之死。此人躺在地板正中央，一动也不动，肿大的身躯几乎将身上的深蓝色制服撑破。在他硕大的、无人再认得的陌生的脸庞上，一双眼睛紧闭：他没看见眼前正在发生的事。他们起先还尝试让他躺在床上，但他抵抗不从，自从其疾病逐渐长大的最初那几夜开始，他就憎恨床铺。何况这间楼上厢房的床也确实太小了,只有将他搁置在地毯上,别无他法;因他也不愿意下楼去啊。

现在他就躺在那里,旁人可能会以为他早已咽气。当天色逐渐昏暗,狗儿们陆续从门缝间钻出去,只剩下那只看起来闷闷不乐的刚毛猎犬依旧蹲在主人的身边,一只毛茸茸的宽前爪搁在克里斯多夫·德特勒夫浮肿、肤色泛灰的手上。绝大多数的仆佣此刻也都已在外面的白色走廊等候,这儿比房内明亮些;那几位还留在房内的仆人,偶尔将眼睛偷偷瞥向中间那堆庞大的、在昏暗的光线下逐渐模糊不清的凸状物,暗自希望它仅不过是一件大外套盖住一团腐败物而已。

然而,却还有别的。声音,一种七个星期前还无人听闻过的声音:因那并不是侍从官本人的声音。发出这个声音的,并非克里斯多夫·德特勒夫,而是克里斯多夫·德特勒夫之死。

克里斯多夫·德特勒夫之死住在乌斯加尔德至今已有许多、许多时日了,它和所有人交谈并提出要求。要求被抬起,要求进蓝厢房,要求进小沙龙,要求进大厅。要求家犬到其身边来,要求大家笑、说话、玩耍与静默与同时做所有这些行为。要求见友人、女人们与已故的人,并要求自己的死去:要求。要求且呐喊。

也就是说，每当夜幕降临，精疲力竭且未承担守夜任务的仆役尝试入睡时，克里斯多夫·德特勒夫之死就会开始吼叫、呻吟、咆哮，持续且长久，以至于最初跟着一起嗥叫的狗儿们后来也都静默了，但却不敢趴下，只能撑起四只长腿，簌簌打战地站立着。而当吼叫声穿越宽广的、银光闪烁的丹麦夏夜，传至村里，村民们就会像是面对暴风雨来袭时一样的下床，穿好衣服，对着一盏灯不发一语地围坐，直到吼叫声结束为止。而那些即将临盆的孕妇则会被移至房屋最深处的小房间，最严密无缝且设有床铺的隔板屋里；然而，吼叫声依然传至她们耳里，她们听见这个吼声，仿佛它就是在自己体内，因此也恳求获许下床，走至家人团聚的房间，苍白宽广、面貌不清地坐下。这段时间即将生产的乳牛则显得无助且自闭，其中一头还被人从腹中扯出死胎，并同五脏六腑，仿佛这条生命根本不愿来到世间似的。全村村民皆草率地打发例行工作，甚至还忘记给牲口添粮草，就是因为他们在白日恐惧着黑夜的降临，就是因为他们已被时时保持警觉与屡屡从睡梦中惊醒弄得疲惫不堪，以至于什么都记不清了。而当他们星期天上气氛祥和的白色教堂时，他们就祈愿乌斯加尔德未来不要再有领主了：就是因为这位是个可怕的领主。全村村民暗自怀想与祈求的，牧师则在布道坛上朗声道出，就是因为他也再无安眠之夜，不明了神的旨意了。教堂钟楼的大钟亦同声抱怨，它现在有了一个整夜咆哮的可怕对手，甚至用上整副金属配备，大鸣大响，也无力对抗。是的，全村居民皆同仇敌忾。年轻一辈当中，甚至还有一位，心怀手持干草叉，闯入宫中行刺这位仁慈大人的梦想，而就是因为所有人皆这般的被激怒，这般的精疲力尽，这般的神经过度受到刺激，所以皆倾耳恭听这位青年侃侃而谈他的计划，在不确定他是否真有勇气实现此一壮举之前，即对他大表钦佩。这就是这整个地区居民的感受与议论内容。而几个星期前，他们可还是普遍爱戴这位侍从官，对他的命运深感惋惜呢！然而，即便舆论如此一致，也无济于事。克里斯多夫·德特勒夫之死，那个居住在乌斯加尔德的死，是无法催促的。它预计住上十个星期，就坚持不动摇。在此期间，它比先前的克里斯多夫·德特勒夫更具有领主之风，仿若君王，人称恐怖的，此后与永远。

这并非哪位水肿患者之死，这是邪恶的王侯之死，被侍从官终其一生带在身上，受其滋养茁壮之死。所有过度的骄傲、意志与统治力，那些他在静好岁月里未耗尽的，都流注至其死里，流注至目前坐镇乌斯加尔德且大肆挥霍之死里。

至于侍从官布里格本人会如何看待这种死亡呢，他可能会向它要求,死于另一种死,而不是这种。他死于其沉重之死。

而当我回忆起其他我遇过或听说过的人:总是一样的。他们全都拥有一个自己的死亡。这些男人们在甲胄里随身携带着它,犹似囚徒,这些女人们,最后变得极为老迈与娇小,躺在一张巨大的、宛若舞台的床铺上,在全家人、佣仆与狗儿们面前不引人注目且体面地咽下最后一口气。是的,小孩们,甚至很小的,所得到的,都不是随便一个孩童之死,他们全神贯注,死于那他们已然是与可能会成为的。

至于女人们,她们则会被赋予怎样一种抑郁之美啊,当身怀六甲的她们伫立,修长的双手不由自主地搁在硕大的肚子上,肚内有两只果实:婴孩与死亡。在她们腾空干净的脸庞上泛起的那一抹浓稠的、近乎滋养的微笑不正是来自她们有时这么心想着,这两只同时在长大?

我开始采取行动,对抗恐惧。整夜坐在书桌前书写,此刻疲惫不堪得就像是徒步穿越乌斯加尔德原野的漫漫长路。还是很难相信,一切俱往矣,如今在那栋长形的老宅邸里居住的尽是陌生人。屋顶三角墙后的白色房间,此刻可能睡着女仆们，睡着她们沉甸甸的、湿漉漉的睡眠，从夜晚至清晨。

而一个人孑然一身且身无长物，携着一只皮箱与一个书箱且其实并非受好奇心驱使地在世界各地奔波。这究竟是一种怎样的生活：无房舍，无继承物，无犬。如果能至少拥有回忆啊。但谁又拥有呢？童年如果还在，也会像是被掩埋了。也许必须年迈，才能够得到这一切。我想年老于我，会是有益的。

11　　今天有个美好、秋意盎然的清晨。我徒步穿越杜伊勒里公园。一切面朝东的，皆因我的眼睛正对着太阳而无法看清。在阳光照射下，被一道如浅灰色帘幕般的晨雾遮掩。灰中之灰，是盖布尚未被掀开的花园里晒着太阳的雕像。零星绽放的花朵在长方形花坛内直起身来，说道：红，以一种怯生生的声音。一名高瘦男子出现在转角，他是从香榭丽舍大道转进来的；随身携带着一根拐杖，却不夹在腋下，——而是灵巧地端在胸前，时不时固定住，再高举，好似把它当成传令官的短杖。他抑止不住脸上欢欣的微笑，对经过的每一物，阳光、花朵，皆微笑示意。他的步伐犹似孩童般的羞怯，却又非比寻常的轻盈，满载着最初行走的回忆。

有什么是小小的月亮办不到的啊。有这样的日子,　12
周遭皆像在发光,轻盈,在明晃晃的空气中近乎轻描淡
写,却又清晰可辨。最邻近的景物亦被染上远方的色调,
已被挪开,仅作展示,无法触及;那些涉及广阔的:河
流、桥、长路、宏伟的广场,将此广阔据于身后,像是
被绘制其上,宛若丝绸画。如果此时新桥上出现一辆浅
绿色的汽车,或随便哪抹难以捕捉的红,抑或仅仅只是
一张贴在珍珠灰屋群防火墙上的海报,此景难以言传。
一切俱被简化,置于几个恰当的浅色块上,犹如一幅马
奈肖像画上的脸。无一物渺小,多余。河岸边的书报商
打开他们的木箱,书本崭新的或被摸旧的黄,书册带紫
的棕,文件夹较为大块的绿:一切都恰到好处,各自
发挥作用,参与其中,形成一个全数到齐的整体,无一
或缺。

我窗下出现这样的一个组合:一部小手推车,由一位　13
妇人推着;前头摆着一架手摇风琴,长的那头朝后。尾端
则横摆着一只摇篮,里头稳稳站着一个还很年幼的孩童,
小帽下的脸蛋显得很开心,不愿坐下。妇人时不时摇转一
阵子手风琴。那小小孩即刻又站起来,在摇篮里踏步,还
有一个小女孩身着星期天的绿衣裳,跳着舞,把铃鼓举向

街道两旁的窗口。

14 　　我觉得我该开始工作,现下,正当我学习如何看之际。我现年二十八,还一事无成。且先回述一遍我写过些什么吧:一篇卡帕齐奥研究,写得很糟,一本剧作,标题《婚姻》,企图以模棱两可的方式证实一些谬论,还有一些诗作。啊,但这样早早写就的诗句,所能成就的极微。写诗需要耐心等待,并且搜集寓意与甜分,花一辈子的时间,如果可能的话,一个长的辈子,然后,在生命的尽头或许能够写出十个诗句,真正好的。因诗并非,如世人以为的,情感(这个人们在早年就已充分具备了),——它是经验。为了写出一行诗句,必须先见过许多城市、人与物,必须认识许多动物,必须感受鸟儿如何飞翔,与知悉小花清晨绽放之姿。必须能忆起在陌生之地行经的道路,忆起毫无预期的相遇与早已预见的别离,——忆起那些尚未明了的童年时光,必须能忆起特地给小孩准备惊喜,小孩却不领情而感到受伤的父母(这可把旁观者给逗乐了——),忆起童年时期所罹患过的怪异地爆发且伴随着诸多深层与严重的变体之疾病,忆起在寂静的、压低声音说话的小房间里度过的日子与海边清晨,尤其是海,海洋,忆起行旅中偕同满天星子凌空翱翔的夜晚,——而能想起所有这一切还不够。还必须拥有许多爱之夜的回忆，无一夜与另一夜相同，拥有经历产妇临盆时的嘶喊与对轻盈的、苍白的、在熟睡中犹似花朵闭合起来的产后妇人的回忆。但也必须曾与死者相伴过，在一间窗子开启的小室里，耳边传来断断续续的声响！并且拥有回忆还不够。还必须将之遗忘，如果繁多的话，必须有极大的耐心等候它们再度回返。因这还不是回忆本身。要等到它们化为我们体内的血液，化为眼神与手势，无名的且与我们自身再无区别时。——直到此时，最罕有的时刻才会出现，一行诗的第一个字自其中心升起，并由此开展出去！

我所写的诗句却全都不是这样产生的，故皆称不上是诗句。——而当我在写我的剧本时，又是怎样大大的误入歧途啊。我不正是个模仿之徒与傻子，以至于需要利用一位第三者来讲述两个彼此折磨的男女命运吗？我是多么容易就落入这个圈套啊。我本该清楚这个第三者，这位走过世人生命与文学作品的第三者，这个第三者幽灵，从未存在过，并不重要，理当忽视。他不过是天性的托辞，天性总企图将世人的注意力从它隐藏在最底层的秘密移转开来。他是帷幕，戏剧在其后上演。他是通向真正冲突的无声寂静的入口边上的喧嚣。人们认为光谈两位当事人，截至目前，对所有人都太难了；第三者，正因其如此的不真实,是任务中简单的部分,所有人皆能胜任。从一开始,他们的戏剧就让人明显察觉到那股迫不及待的不耐烦,希望第三者尽快上场。只要他在,一切就都好办了。他若迟迟未至,该会是多么的枯燥乏味啊,没有他,任何剧情都不会发生,一切伫立,停顿,等待。是的,倘若就此停留在这个堵塞与踌躇里,该怎么办呢?剧作家先生,以及你,知悉人生的观众,如果他,这位犹如一把万能钥匙插进所有婚姻当中,备受欢迎的花花公子抑或狂妄的年轻人失踪了,该怎么办?他若,譬如说,被魔鬼抓走了,该怎么办?我们就这么假定好了。观众于是突然一下子注意到剧场内不自然的空虚,这个空虚被砌高的石墙围住,好似危险的地洞,唯有几只蠹蛾,从包厢边上飞起,在毫无支撑物的、空洞洞的大厅里翩翩飞舞。剧作家们再也不能悠闲地享受豪宅别墅的居家生活。所有官方聘请的密探们替他们在地球上最偏僻的角落,搜寻那位无可替代者,他即是情节本身。

尽管是他们生活在芸芸众生当中,并非这位"第三者",在这两位身上有诸多可资谈论的内容,却什么也还没被提起,纵使他们受苦着,行动着,且一筹莫展。

这是荒谬的。我坐在这里,在我的斗室里,我,布里格,现年二十八,默默无名。我坐在这里,是个微不足道的家伙。然而，这个微不足道的家伙开始思考，于五层阶梯高之处，在一个灰蒙蒙的巴黎午后，兴起了这样的想法：

有可能吗，想想看，世人尚未看见、认出与说出真实的与重要的事物？有可能，人们尽管曾拥有数千年的时间去看、去思考与纪录，却让这数千年的光阴像大啖奶油面包与苹果的课间休息时间一般地白白流逝了吗？

是的，这是可能的。

有可能，世人即便有着许许多多的发明与进步的成就，即便拥有文化、宗教与世俗智慧，却还仅停留在生命的表层吗？有可能，世人甚至还将这个毕竟已有点模样的表层，用一张乏味得不可思议的布料罩上，使之看起来就像是夏季假日里的沙龙家具吗？

是的，这是可能的。

有可能，整个世界史都被误解了吗？有可能，过往皆是谬误的，因世人总是就其整体而言，就好似在讲述众人的总和，而不是在谈那位被他们围绕的一个个人，只因他是异乡人且亡故了吗？

是的，这是可能的。

有可能，人们相信必须补做自己尚未出生之前所发生的事情吗？有可能，人们记得每一位先人，因他不正是孕育于所有先祖，故应当对一切了然于心，不会被持不同意见的其他人所说服吗？

是的，这是可能的。

有可能，所有这些人对于一个从未存在过的过往了若指掌吗？有可能，一切事实于他们毫无意义；他们的生命已走到尽头，不再与任何事物有所联系，犹似一只空房里的挂钟吗——？

是的，这是可能的。

有可能，人们对于女孩们一无所知，而她们却正活在我们身边吗？有可能，人们在说"女人们""小孩们""男孩们"时，却没意识到（即便拥有所受过的一切教养而没意识到）这些词汇早已不再具有复数，而是不计其数的单数吗？

是的，这是可能的。

有可能吗，有这样的一些人，他们口中说出"神"这个字，并认为这是某个大家共通的？——但只消瞧瞧两位学童的例子：其中一位买了一把小刀，他的邻居在同一天也买了一把同款小刀。一个星期后，互相向对方展示自己的小刀，结果两把小刀就仅剩外观勉强相似而已，——小刀落入不同的人手中，即会出现不同的变化。（是的，其中一位的母亲还为此大发牢骚道：——你们非得把每样东西都马上用坏不可！——）啊，所以：有可能，相信人们拥有一位神，而没使用他吗？

是的，这是可能的。

如果这一切皆为可能的话，即便仅是看似可能，——那么无论如何就得发生点什么。眼前最近的这一位，脑中兴起这些令人不安的想法者，得开始替这些疏忽采取什么补救行动；即便他仅是泛泛之辈，绝非最合适的人选：但就是没有其他人。这位年轻的、无足轻重的外国人，布里格，得在五层阶梯高之处坐定，书写，日以继夜。是的，他必须写，这将会是个了结。

我那时应该是十二岁或者顶多十三岁。父亲带着我前往乌楞克罗斯特探望其岳父。我不清楚促使他踏上此行的动机是什么。自从我母亲过世以来，两人已有许多年都未曾再见过面，父亲自己也从未造访过那栋布莱伯爵后来遁居的古老宫殿。我后来也没再见过那幢奇特的房子，外祖父离世后，它即落入外人之手。因此当我现在从以孩童的方式存储处理的记忆中重新寻得此栋建筑时，它就不是以整幢的模样出现；而是全部打散地储存在我内里，这儿一个房间，那儿一个房间，这边一截走道，但并非作为连接两个房间的通道，而是单独的，作为一个碎片，被收藏起来。一切皆以此种形态散落于我里面，——一间间房间，大费周章地盘旋而下的阶梯，与其他的狭窄的螺旋梯，人走在其昏暗里，犹似血液流动于血管中；塔楼小室、高耸悬空的阳台，出其不意出现的阳台，路过的人稍不留心就会被一道小门推至其上：——所有这一切皆还存在我里面，将不停止地留在我里面。仿佛就像这幢房子的影像从看不见尽头的高处摔落至我里面，在我的地板上碎成破片。

完整留存于我心中的，貌似如此，只有那间我们每天中午与晚上七点皆会聚在一起用餐的厅堂。我从未见过这间厅堂在日光照射下的模样，甚至记不得有没有窗户与窗外的景色，无论何时踏进这间厅堂，厚重的枝形烛台就都已点上蜡烛，不消几分钟，我就将时辰与室外所见尽皆忘却。这间挑高的、我猜想是拱顶的厅堂比一切都强大；凭借其往上渐次暗去的高耸，凭借其永不让人看个明白的角落，足以摄走一个人身上所有的影像，却没留给他一个替代物作为补偿。人坐在其中，仿佛彻底瓦解；意志归零，知觉丧失，兴致索然，任凭摆布。犹似一个空无的所在。我记得，这个将人彻底摧毁的状态一开始几乎令我恶心欲呕，一种类似晕船的症状，唯有借由伸长双腿，将脚尖触及对座父亲的膝盖，才得以抑制住。我后来才意识到，他似乎能理解或者默许这个怪异的举动，虽然以我们父子之间那种近乎冷淡的关系，照理应不会有如此亲昵的行为。然而正是该轻微的肢体碰触给予了我支撑的力量，忍受漫长的用餐时间。并且在历经几个星期的忍耐与煎熬后，凭借着小孩子几不受限的适应力，对那些聚会的阴森氛围也习以为常起来，以至于几乎不需要费什么劲，即能在餐桌边上坐满两个钟头；甚至还因为忙于观察在座成员而觉得聚会结束得比往常早。

外祖父称之为家人的，我听见其他人也同样使用此称呼，其实是个十分任意的组合。因这四个人彼此间虽然都能扯上亲属关系，但聚在一起却绝非理所当然。我邻座的这位叔父，是位老人，神情严厉的黝黑面庞上有几块黑色斑点，据说是他某次在给枪上火药时不慎引爆所遗留下的痕迹；闷闷不乐且满腹牢骚如他，以少校的军阶退伍，现在则会躲进宫殿一个我不晓得的房间从事化学实验，并且，就我从仆役们间的闲谈得知，还与一间重刑犯监狱有联系，后者每年会给他运送一至两次遗体，这时他就会将房门深锁与这些遗体朝夕相处，解剖，再以一种神秘的方法处理，使之不会腐烂。他的对坐是玛蒂德·布莱小姐。一位从外表上看不出年纪的女人，母亲的远房表亲，我对她一无所知，只晓得她与一位奥地利的巫师频繁通信，彻底臣服于这位自称为诺尔德男爵的男子，在未征得其同意，或说比较像是取得其祝福之前，不会采取任何哪怕是多么微不足道的行动。她当时体型甚为壮硕，一种柔软、慵懒性质的丰满仿若不小心注进她那件宽大的浅色衣裳里；她的肢体动作流露出疲惫与不确定感，眼睛总是水汪汪的。即便如此，她身上还是有某种东西，令我联想起我那温柔苗条的母亲。我发现我观察她的时间越是长久，观察在她脸上所有那些细微的、在我母亲过世后我就再也无法清晰地回忆起来的特征；现在，自从天天可见到玛蒂德·布莱，让我终于又清楚了逝者的长相；是的，或许是首度清楚。数以百计的细节直至此刻，才在我心中拼凑出一帧完整的亡母肖像，它将伴随着我浪迹四方。后来我才明了，母亲相貌最重要的特征的确都存在于玛蒂德·布莱小姐脸上，——只不过像是插进了一张陌生的脸，将之分开，挤歪，彼此间不再有联系。

在这位女士的旁边坐着我一位堂姐的小儿子，一个年纪与我相仿，但比我矮小孱弱的男孩。细瘦苍白的脖子从镶着皱褶花边的衣领伸出，然后隐没于长下巴之下。嘴唇单薄并紧闭，鼻翼微微颤动，美丽的深褐色瞳孔的眼睛只有一只可以转动。这一只眼睛偶尔向我投以平静忧伤的目光，另一只则始终固定在一个角落不动，仿佛业已售出，不再列入考虑。

餐桌的首位摆放着外祖父巨大的扶手椅，配有一位仆人专司服侍入座，坐定后的老人仅在这张宽敞的椅子上填满一个小角落。有些人会以阁下与内庭总监这些头衔称呼这位既聋又专横的老先生，另一些人则尊称他为将军。这些尊荣他肯定都曾享有过，但他担任这些要职已是很久以前的事了，还如此称呼他，令人费解。我甚至觉得，以其个人特质在某些时刻无比清晰却又总是再度散逸的现象，很难冠上任何特定的称谓。我从未下得了决心，喊他一声外祖父过，尽管他偶尔会特别和蔼地待我，甚至把我唤至身边，以一种着重的语气打趣地喊我的名字。顺带一提，全家人对伯爵皆抱持一种混合着敬畏与胆怯的态度，唯独在小艾立克与这位高龄的大家长之间存在着某种特别亲昵的关系；他那只会动的眼睛时不时匆匆地向外祖父投以表示同意的一瞥，外祖父也会同样快速地用眼神回应。有时在漫漫的午后时光，人们会瞧见他们一同在长廊的尽头出现，然后看见他们手牵着手沿着一幅又一幅黑漆漆的古老画像慢慢踱步，两人并没有交谈，显然借由其他的途径在沟通着。

我几乎整天都在公园与郊外的山毛榉林或原野上度过；幸好，乌楞克罗斯特有豢养犬只，它们可以作为我的陪伴；沿路时不时会遇上佃户的房舍或者农庄，可从那儿购得牛奶、面包与水果，我想自己当时颇为无忧无虑地享受着自由，至少在接下来的几个星期，并没挂念着晚上的聚会来吓唬自己。我几乎没和任何人交谈，我乐于独处；只偶尔跟狗儿们说几句简短的话，我跟狗很能合得来。附带一提，沉默寡言是我家族的特色；此点我从父亲身上早已认识到，故对晚上用餐期间几乎无人开口说话的这种情况，并不感到讶异。

在我们刚抵达的头几天，玛蒂德·布莱倒表现得极为健谈。她向父亲探问定居国外城市的故旧，絮絮叨叨地回忆起陈年往事，甚至激动落泪，在她想起已故的女性友人们与某位年轻男子时，还特别暗示后者爱上了她，但她却无法回应其热切又无望的爱慕之情。我父亲礼貌地倾听，有时赞同地点点头，只在必要时答话。伯爵，坐在餐桌首位，脸上始终挂着嘴角下垂的微笑，脸显得比平时还来得庞大，仿佛戴了个面具。他有时也会发言，却不像是对谁说的，声音虽然很微弱，却传遍整间大厅；有些类似时钟指针规律地兀自走动；环绕着这个声音的寂静似乎嗡嗡响着本身空洞的共鸣，每一个音节皆相同。

布莱伯爵认为向我父亲提起其亡妻，也就是我母亲，是种特别恭维的表示。他称呼她为西比勒女伯爵，所有的句子皆以疑问的语气作结，仿佛在问她人在哪里。是的，我不明所以地感到，他讲的好像是一位下一刻随时可能加入我们聚会的很年轻的白衣女孩。我听到他也以同样的语气提起"我们的小安娜·索菲"。之后有一天，我向其他人探询这位外祖父似乎特别钟爱的小姐身份时，才明白指的是首相康拉德·雷文特洛之女，弗雷德里克四世门当户不对之妻，已在近一个半世纪之前长眠于罗斯基勒。在外祖父眼中，时间的先后顺序无关紧要，死亡仅是渺小的偶发事件，完全予以忽略，人物一旦纳入其记忆即存在，对此纵使他们已故去也无法撼动。许多年后，老绅士已不在世以后，人们讲起他也是同样任性地把未来之事看作现在进行之事。据说，外祖父有次曾跟某位邻座的年轻女子聊起她的儿子们，还特别提及其中一位儿子的几次旅行，而这位年轻女士当时只不过初次怀孕三个月，听到这位老人如此滔滔不绝地讲个不停，惊恐得近乎昏厥。

但我接下来要讲的，却始于我的发笑。是的，我笑得十分响亮，止都止不住。即是，有天晚上玛蒂德·布莱缺席了。而那位几乎全盲的老侍者走至她的座位时，却仍将食盆递过去。保持该姿势一阵子；才满意地昂首继续前进，仿佛一切如常。我瞧见这一幕，在看到之际丝毫不觉得有什么滑稽。但过了一会之后，正当我要将一口食物送进嘴里时，笑意却快速蹿升至我的脑袋，使得我被呛到并发出响亮的声响。即便这个失态也令我自己不堪其扰，即便我尽了一切努力保持严肃，发笑依然间歇地冒出来，最后完全掌控了我。

父亲似乎想要掩饰我的失态，因此特意压低他那宽广的嗓音问道："玛蒂德生病了吗？"外祖父以其一贯的风格微微一笑，然后答了句话，我因正忙于压制想笑的冲动，故没特别留意听，大意约莫是：不，她只是不想遇见克莉丝汀。我也没看出我的邻座，那位古铜色肤色的少校，接下来的举动直接肇因于那句话：他起身，向伯爵嘟囔地致歉并鞠躬，随即离开大厅。我只注意到，他于大家长的背后，在大厅门口，又回转身来，朝着小艾立克，并突然，令我大为吃惊地，也对我招手与点头示意，似乎在催促我们跟随他一同离开。我是如此的吃惊，以至于困扰我的笑意也止住了。此外，我就不再继续关注少校；他令我不舒服，我也注意到小艾立克并没理会他。

用餐时间一如往常拖了很久，正当要用甜点之际，我的视线捕捉到大厅背景半明半暗之处出现不寻常的动静，并被它牢牢吸引住。那儿有一道我以为始终上锁，经人告知是通往夹层的门正被缓缓打开，此刻，当我带着一种好奇与惊恐交杂，对我而言全新的感受朝着那个方向瞧时，一位身材纤细，身穿浅色衣裳的女士踏进黑暗的门洞，向我们慢慢走来。我不清楚自己是否做了什么动作，抑或发出了什么声音，一张椅子翻倒制造的巨响，迫使我将目光从这个奇特的人儿身上挪开，望向父亲，看见他已从椅子上跳起来，此刻面色死白，奄拉的双手握着拳，朝着这位女士走去。在此同时，她对眼前这一幕完全无动于衷，仍旧一步一步地走向我们，当已十分接近伯爵的座位时，后者猛地一下站起来，抓住我父亲的手臂，将他拉回桌边，并且不放手，陌生女士则继续缓慢且漠不关心地穿过已腾出的空间，一步一步地，穿过一片难以言传的寂静，唯闻某处传来一只玻璃杯震颤地叮叮作响，然后消失在对面墙的一个门内。这一刹那，我注意到，是艾立克深深一鞠躬，在陌生女子的背后关上这道门。

我是唯一的一位还安坐在餐桌边上；我如此的深陷沙发椅中，以至于觉得单凭己力永远无法再站起来。好一阵子虽明明睁着眼，却没能看进什么。然后，我想起了父亲，看见老人依旧紧紧抓住他的手臂。此时的父亲面露怒气，满脸通红，但外祖父，手指犹似白色爪子紧紧掐住父亲的手臂，仍以其面具般的微笑微笑着。然后我听见他开口讲了些什么，一个音节又一个音节地，却没能理解其含意。然而，这些话语依旧深深刻进我的听觉，因大约两年前的某一天，我在记忆底层找到它们，从那时起就明了了。他是说:"你太激动了,侍从官,而且不礼貌。你有什么理由干涉别人做他们的事?""她是谁?"父亲插嘴喊道。"有权出现在这里的人。不是陌生人。克莉丝汀·布莱。"——这时那个奇特的寂静再度出现,玻璃杯又开始打战。然后,父亲一把甩开伯爵的手,冲出大厅。

我听见父亲整夜都在他的房间里来回踱步;因我自己也无法入睡。但在接近黎明的时刻,我突然从一种似睡非睡的状态中醒来,惊恐地看见某种白色物体坐在我的床沿,吓得全身瘫软,心脏近乎麻痹。我心中的绝望最终还是给予了我力量,将头藏进被子下面,害怕又无助地哭泣起来。突然间,我感到哭泣的双眼上方变得凉爽明亮起来;赶忙闭紧泪汪汪的眼睛,以避免看见什么。但,我认出那个这时贴近我,对我说话、温热又甜甜地触碰我脸庞的声音:是玛蒂德小姐的声音。我立刻放下心来,也不再哭泣,却还是继续接受她的安慰;纵使觉得这份好意太过软腻,却很享受,且隐约认为这是自己应得的。"姨母,"我最后开口说道,并试图从她模糊不清的脸庞归结出母亲的样貌,"姨母,那位女士是谁?"

"唉,"伴随一声令我感到滑稽的长叹,布莱小姐这么回答道,"一个不幸的人,我的孩子,一个不幸的人。"

这天早上,我注意到几位佣人在一间房里打包行李。

心想我们大概就要启程离开了，也认为此时离开理所当然。或许这也是父亲的意图。我永远不会晓得，最终到底是什么理由促使他在经过那晚之后还继续留在乌楞克罗斯特。无论如何，我们并没离开。继续在这座宅第停留了八或九个星期，忍受其种种的不寻常予人的压迫感，且还又三度遇见克莉丝汀·布莱。

我那个时候对她的故事还一无所悉。不晓得在许多年许多年以前，她命丧于分娩第二胎时的产床，从这名男孩身上后来逐渐成长出一个令人忧心与残酷的命运，——我不晓得，眼前的她是一位已逝者。但父亲晓得。他，一位热情洋溢且生性刚毅磊落的人，竟愿意强迫自己对此奇遇一概承受，自我克制而不提出疑问？我眼见，却不明了他所身陷的天人交战，亲身经历，却不清楚他最终是如何战胜了自己开口的冲动。

那是发生在我们最后一次见到克莉丝汀·布莱的晚上。这一回玛蒂德小姐也在场，与我们共进晚餐；但她却一反常态。一如我们初抵的头几天一样，她又再度滔滔不绝地讲个不停，前后却无明确的连贯关系，连自己也时不时地被弄迷糊了，与此同时，她体内仿佛有一股不安在骚动，迫使她不断地拨弄头发或整理衣裳，——直到她突然悲戚地高喊一声，从座位跳起，然后消失无踪。

同一瞬间,我的目光不由自主地转向那道门,果然:克莉丝汀·布莱正要踏入这个大厅。我的邻座,少校,做了一个猛烈的、短促的动作,传至我身上,但他显然没有站起来的力量。他那古铜色、斑点密布的苍老脸庞转向一位在座者,再转向另一位,嘴巴张开,舌头在烂牙后扭转着;接着,这张脸突然消失;他白发苍苍的头颅伏倒在桌上,两只胳臂犹似断肢般地搁置其上与其下,另有一只枯萎、斑斑点点的手从某处伸出且颤抖着。

这时克莉丝汀·布莱正从旁经过,一步一步地,缓慢犹似病人,穿过一片难以言喻的寂静,只听见唯一一个像是老狗的呜咽声在响着。从盛满水仙花的大银天鹅花器的左侧,老人的大面具却正往前推移,挂着朦胧不清的微笑。他朝着父亲举起酒杯。此刻我看到父亲,正当克莉丝汀·布莱从他椅子后面走过之际,伸手抓住他的酒杯,并仿佛像是举起某个很沉重之物似的举至距离桌面一掌宽的高度。

当天晚上,我们就启程离开了。

16

国家图书馆

我坐着读一位诗人。大厅内人很多,却不会感觉到他们。人们皆沉浸在书中。有时在书页间移动，如同睡着的人，于两个梦境间转身。啊，置身阅读者之间是多么美好。人为何不能总是如此呢？你可以走到一个人的身旁，轻轻碰触他：他一无所觉。起身时，你稍微碰撞到邻座，向他致歉，他朝着你声音传来的方向点点头，脸孔转向你，却没看见你，头发宛若眠者之发。多么惬意啊。我坐着且拥有一位诗人。这是怎样的一种命运。此刻或许有三百人在大厅阅读；但不可能每一位都拥有一位诗人。（天晓得，他们有些什么。）不会有三百位诗人。但，想看看吧，这是怎样的一种命运，我，或许是这些阅读者中最贫困的一位，一个外国人：我拥有一位诗人。即便我穷。即便我的西装因天天穿而在特定部位开始出现磨损，即便我的鞋子亦有可挑剔之处。虽然我的衣领是干净的，内衣也是，并且以我的模样，大可走进随便哪家糕点店，可能的话，就是开在大道上的也无妨，放心大胆地把手伸进餐盘取食。不会有人觉得碍眼，斥责我，并将我赶出去，因这毕竟是一只属于好圈子的人之手，一只每日清洗四至五遍的手。是的，指甲下没藏脏污，食指没沾染墨迹，手腕尤其无可挑剔。众所皆知，穷人是不会清洗至该部位。所以说，一般人可从讲究个人卫生的程度上，推论出个什么所以然来。一般人也的确这么做。商家即是如此。但有某些人，譬如说在圣米歇尔大道与拉辛路上溜达的，他们才不会被弄糊涂，才不理会手腕如何呢。这些人端详我，就明了了。这些人清楚，我其实是属于他们圈子的人，现在只是在演点喜剧。正值狂欢节期间嘛。他们不愿扫我的兴；仅只微微露齿一笑并眨眨眼。没人瞧见。除此之外，他们对待我的态度，就像是对待一位绅士一般。只要有人在附近，他们甚至还会表现得卑躬屈膝。做些举动，仿佛我身着裘袍，我的座乘跟随在后行驶一般。我有时会递给他们两个苏，暗地里害怕他们会拒绝；但他们收下了。一切都再正常不过了，若他们没有微微露齿一笑并眨眨眼的话。这些人是谁？他们要干嘛？在等我吗？是从哪点认出我的？没错，我的胡子看来有点邋遢，与他们总予我深刻印象的病态的、苍老的、褪色发白的胡子有着极微的相仿。但我难道无权疏忽修剪胡须吗？很多忙碌的人皆是如此，无人会因此想到要将他们归类为被弃者。我很清楚，被弃者并不单指行乞者；不，事实上并不是指行乞者，这个必须区分清楚。他们是废弃物，是人们丢弃的果皮空壳，命运呕吐出的残渣。被命运的唾液弄得湿濡濡的，黏附于一道围墙边上，一根路灯旁，一座张贴海报的圆柱旁，或是在小巷里缓慢流淌，于身后留下一道乌黑、肮脏的痕迹。这名老妇到底想要做什么，她，仿佛从某个洞穴爬出，随身携带着一个床头柜抽屉，里头还有几粒纽扣与几根缝针在来回滚动？为何总是跟在我身边走并仔细观察我？好像试图以她那双烂眼辨认出我来，那双眼睛看起来就像是被某个病患吐了一团青绿色的脓痰在充血的眼睑上。是什么促使这位头发灰白、个头矮小的妇人跟我一道在一个橱窗前站了足足一刻钟之久，一边还给我看一根从她那双变形的、蜷紧的手中无尽缓慢地向上一点一点推出来的老旧的、细长的铅笔。我佯装在浏览陈列的商品，没注意到。但她晓得我看到她，她晓得我正伫足思索她究竟在干什么。重点并不在铅笔上，这我自是理解：我感到这是一个暗号，一个知情者的暗号，一个被弃者都晓得的暗号；我隐约感到她在暗示我要到哪里去，或者做某事。最奇特的是，我自此摆脱不了真有某个特定的约会存在之感，而此暗号即是属于其中一个环节，这一幕的出现，基本上是我本该预期得到的。

这是两个星期前发生的事。现在几乎每天都有类似的遭遇。不单在黄昏，甚至在日正当中的中午，人来人往、最热闹的大街上也会出现这种情况，突然冒出一位矮个男子或一位老妇人，向我点点头，给我看某样东西，然后又消失无踪，仿佛必要的任务已达成。可能哪天他们也会兴起前来我斗室的念头，他们肯定晓得我的住处，并且会打点好门房，不会受到拦阻。但，在这里，我亲爱的，我肯定不会被你们打扰。必须要有一张特殊的卡片才能进入这个大厅。这张卡片使我比你们略胜一筹。我在外面走路的神态略显羞怯，如有人可能会作如此想的，但最后我在一道玻璃门前立定，拉开门，仿佛是我自己的家一般，在下一道门出示我的卡片（一如你们向我展示你们的东西，唯独当中有个区别，对方了解，晓得我的意思——），于是我就置身在这些书籍之间，摆脱你们，仿佛业已死去，坐下并读一位诗人。

你们不晓得，这是什么，诗人？——魏尔伦……一无所知？毫无印象？无。你们无法区别他与你们所认识的人？你们不做区分，这个我已晓得。不过，我读的是另一位诗人，一位不住在巴黎的，截然不同的一位。一位，在山间有幢静谧屋舍的诗人。名字听起来犹如在纯净空气中鸣响的钟声。一位幸福的诗人，诉说其窗景与书柜玻璃门，后者映照着一片亲切又寂寥的辽阔引人沉思。就是这样的诗人，是我想要成为的；因他对女孩子知之甚详，我也对她们知之甚详。他知晓活在数百年前的女孩子们；她们已故，无关紧要，因他知晓一切。这才是重点。他一一念出她们亲笔以娟秀纤细的笔触与打着古式弯儿的长体字体写下的芳名，与比她们年长些的女性友人们的成年名字，命运已然微响其中，带着淡淡的失望与死亡的况味。或许，在他的桃花心木书桌的抽屉里躺着她们泛黄的信笺与日记散页，记述着生日、夏日宴会，再又生日。或者也可能，矗立在他卧室深处的鼓腹五斗柜的一个抽屉里收藏着她们的春衣；特地为复活节缝制的白衣裳，本该等到夏季降临才穿，但主人已迫不及待穿上的薄纱波点洋装。噢，这是一种多么幸福的命运，坐在祖传家屋一间宁静的斗室里，静谧的居家什物之间，倾耳细听户外盈盈新绿的花园里今年首批飞抵的山雀啼唤，与远方传来的乡村教堂钟声。坐着凝视一道温暖的午后阳光，对从前的女孩子知之甚详，且是一位诗人。想到我本来也可能成为一位这样的诗人，如果我能在某处定居下来的话，世上的某个角落，乡间众多上锁的、无人照管的房舍中的一栋。我仅需一间房间（山墙后面光线充足的房间）。与我的老家具、家族画像、书籍一起在里面生活。还要有一张靠背椅、鲜花与狗儿以及一根坚固的手杖供行走崎岖山路之用。就别无所求。仅再要一本浅黄、象牙白皮革装帧的册子，内嵌老式花纹衬页：用以书写。我会写入很多东西，因我有许许多多的思考与大大小小的回忆。

然而事情的发展并非如此，神才知晓，何故。我的老家具在一间允许我存放的谷仓里腐朽，而我自己，啊，神啊，我的头上没屋顶，雨水落入我眼里。

17　　我有时会路过一些小店铺，比方说在塞纳河路上的。古董店，或小旧书店，或是橱窗琳琅满目的版画店。从未见过有顾客上门，显然没什么生意。但仔细瞧，就会看到店主们坐在店内，安坐阅读，面无愁容；不为明日烦忧，不为营收担心，有一只狗，坐在他们跟前，安适地趴着，或者一只猫，蹭着成列的书籍缓缓漫步，仿佛要将书背上的名字尽皆拂去，更显周遭的寂静。

　　啊，如果这样即已足够：有时我希望，买下一个摆满商品的橱窗，跟一只狗在其后坐上二十载。

18　　大声说："什么事都没发生"，是有益的。再一遍："什么事都没发生。"有用吗？

　　我的火炉又窜出浓烟，我得出门去，这却并不是个不幸。我感觉虚弱无力与着凉了，也无关紧要。但整日在小巷穿梭，无目的地游荡，却是我自己的错。我大可去卢浮宫闲坐。或，不，不该这么做。某些特定人士会去那里取暖。他们坐在丝绸长凳上，将脚伸到暖气管的叶片上，犹如一双双并排而立、空空的大长靴。这些是特别知足的男人，如果身穿深色制服、佩戴多枚徽章的管理员容许他们留在那里，就会十分感激。但当我踏进门来，他们就会马上露齿一笑。露齿一笑，并微微点点头。然后，当我在一幅幅画作前来回踱步时，他们就用视线牢牢盯住我，自始至终，自始至终皆以这种淡漠、专注的目光。因此没去卢浮宫，是明智的。我总是在路上。天晓得，走过多少个城市、城区、墓园、桥梁与过道。在某个地方，我看见一位推着两轮卖菜车的男人。他喊着：Chou-fleur（法：花椰菜），Chou-fleur，fleur此字中的eu两个字母是以一种奇特的混浊音喊出。一名举止笨拙、面貌丑陋的妇人走在他旁边，时不时用手推他一下。每当她推他一下，他即会高喊一声。有时他也会自发地喊，但那就是额外奉送的了，马上又得再喊一声，因已走到一栋住户要买菜的屋前了。我提过他是瞎眼的吗？没？那么我补充吧，他是瞎子。他眼盲并喊叫。我如果这么说，就是在窜改事实，略去他推着的二轮车不提，这么做，就好似没注意到他是在叫卖花椰菜。但这是重点吗？即便它也是，然而，不是更该取决于整件事于我的意义何在吗？我看见一个老男人，他眼盲并喊叫。我目睹这一幕。目睹。

有人相信，会有这样的房子存在吗？不，人们会说，这是我杜撰的。然而，这一次全是事实，我没删减什么，当然也没添加什么。我从哪里拿东西来添加呢？人人皆知我穷。人人皆知。房子？但，确切来说，是曾有过的连排房屋，现已不在了。从上至下被拆除殆尽的连排房屋。还在的是别的房屋，旁侧的，毗邻的高层楼房。自从旁侧物全被拿走后，现在显然有倾塌的危险；整座由涂焦油的长木桩架构搭建的支架，在布满瓦砾堆的地基与裸露的墙壁间摇摇欲坠。我不知是否提到过，我指的正是这一堵墙。称它为现存房屋的前墙（可能有人会这么假设）并不恰当，应该是先前连排房屋的后墙。人人可见其内侧。不同楼层的隔墙毫无遮掩地暴露出来，壁纸还贴在墙上，地板或天花板的边界从此处或彼处冒出头来。除了隔墙，残存在这整道墙上的还有一间有着脏污白墙的小室，裸露的、锈迹斑驳的厕所污水管线以一种恶心得难以言传的、蛆虫蠕动般的仿消化运动的姿态爬行其间。先前的煤气管线则在天花板的边上留下一道道灰黑色的尘埃痕迹，于此处或彼处突如其来地拐个大弯，而后钻进彩墙上被粗鲁凿穿的黑洞里。但最令人难忘的还是墙壁本身。这些房间顽强的生命仍未被歼灭。它还在，附着在墙上的钉子上，牢牢钳在手掌宽大小的地板残块上，蜷缩于墙角接缝下细小的内部空间里。人们可见其原本的色彩慢慢地，年复一年地，发生变化：蓝变成霉绿，绿变成灰，黄变成陈旧、馊掉、败坏中的白。不过，它也被保存在仍然簇新的局部部位上，于挂镜、图画与橱柜后面；勾勒这些家具的轮廓线，并时不时重描一遍，亦曾与蜘蛛与尘埃一同栖息于这些本来被遮掩住，如今曝光于世的局部墙面。在每条剥落的壁板上，于壁纸下缘潮湿的泡囊里，在被撕开的碎片上前后摆荡，并从丑陋的长年污斑排出。从这些曾经是蓝色、绿色与黄色的，现被残留在被拆毁的隔墙上的收边条破片所框住的墙壁，涌现出这些生活的气味，黏稠、迟怠、发霉的气味，纵使强风也无法将之驱散。墙上停滞着正午与疾病与呼出之气与长年煤烟与腋下冒出把衣服弄得沉甸甸的汗水味与嘴巴吐出的食物走味之气与脚散发出的劣质酒味。停滞着尿液的辛辣与煤烟的灼热与煮马铃薯的朦胧蒸气与陈年油脂的浓重滑腻的臭味。未得到妥善照料的婴孩身上久聚不散的甜味也留在墙上，以及学童内心的恐惧气味与即将成年的少年床上的郁热。并还掺进从底下传上来的众多气味，蒸发自巷弄阴沟的，以及其他从上面伴随着冲刷城市过后不洁的雨水所渗透下来的。有些则是由微弱的、被驯服的、始终滞留在同一条街上的宅屋之风所添加，还有许多来路不明的气味。我不是已经提过，人们把所有的墙全都拆除，只留下最后一道吗——？此刻，我滔滔不绝地在讲述这一道墙。可能有人会说，我在墙前驻足良久；我愿指天发誓，一经认出这道墙，我即拔腿跑开。

《手记》节18

因我认出它此事本身，即是令人恐怖的。我认出这里的一切，于是它毫不扭捏地遁入我里面：无拘无束地住下。

在历经这一切，可谓遇袭之后，我已有些体力透支，因此，接下来发生的事，就令我毫无招架之力了，即是，他在等我。他在我本来想在那里吃两个煎蛋的小餐厅等着；我饥肠辘辘，整天都没有机会进食。但，现在也吃不下任何东西了；在鸡蛋煎好之前，我又被迫逃到外头街上去，熙熙攘攘的人潮向我涌来。因正值狂欢节期间，又是晚上，人们有的是时间四处游荡与推挤作乐。他们的脸满映着从路边摊棚照射出来的灯光，笑声从嘴里，似似脓液从开放的伤口，涌出。我越是没耐心地往前挪动，他们就笑得越开怀，彼此推挤得更厉害。一名女子的围巾不知何故钩在我身上，我拖着她走，旁人拦住我并大笑，我觉得应该也要跟着笑，但我笑不出来。有人朝我的眼睛掷了一把五彩碎纸，我感到像挨了一记鞭子般火辣辣的疼。一群人被挤在角落动弹不得，一个人被推到其他人身上，他们并没向前移动，仅是轻柔的上下晃动，好似站着在交配。虽然人群立定不动，我在人流比较稀疏的马路边上像个疯子般往前奔跑，但事实上却是他们在移动，而我纹丝不动。因四周景色丝毫未改；每当我抬头张望，就会看到依旧是同样的房舍在一边，另一边是摊棚。抑或，也可能一切皆立定不动，只不过是我和其他人都头晕目眩，以至于觉得一切似乎都在旋转。我无暇多加思索，汗水淋漓令我感到身躯沉甸甸的，体内有个麻痹的痛感盘旋不去，好似血液里有个什么东西正在萌芽逐渐长大，所经之处令血管也为之膨胀。与此同时还感到空气早已耗尽，我只不过吸进了更多呼出的废气，而我的肺叶拒收。

  但现在一切都过去了；我存活了下来。在自己的房间里，坐在灯畔；有点冷，因我不敢再去尝试点燃火炉；要是火炉冒烟，我又得逃到屋外去，那该怎么办？我坐着思量；我若不是这么穷，就会租下别间房间，一间带家具的，不是像这间这种被用得十分老旧的，布满前任房客们留下的痕迹。最初我实感困难，将头靠上这把扶手椅的椅背；因绿色椅套上有一道油腻腻的灰色凹槽，似乎适合所有头型。很长一段时间，我都会在发下小心翼翼地垫上一条手巾，但现在我实在太疲惫了；而且发现其实这样也无妨，那个小凹槽恰像是为我的后脑勺打造的，如量身定做的一般。不过，我首先会，若不是这么穷的话，添购一个好火炉，并用山里砍下来的洁净、密实的木材生火，而不是用这些可悲的煤球，冒出的白烟使人呼吸困难与头昏脑涨。然后，还要有个人轻手轻脚地替我清理火炉，并依我所需添减柴火；因我若是这么跪在炉前拨弄柴火一刻钟,额头的皮肤被近距离的炭火灼烤得紧绷,热气直扑睁开的眼睛,常常就会耗尽我一整天的力气,如果就这么走进人群中,他们轻易就可随意处置我。我到时也会,如果人潮拥挤的话,伸手招辆车搭乘,还会天天上一家杜华餐厅用餐……不用再低着头往小餐厅钻……他是否也会出现在一家杜华餐厅?不。他不可能会在那里等我。他们不会让濒死者入内。濒死者?我现在坐在我的斗室里;可以尝试静下心来仔细思索我的遭遇。不让任何一件事情陷入不清不楚的状态,是有益的。所以,事情是这样,我踏进餐厅,一开始只看见自己常坐的桌子被人占去了。我向柜台打招呼,点餐,然后就在旁边的座位落座。但就在此际我感觉到了他,虽然他并不曾动一下。但我所感觉到的,正是他的纹丝不动,并且一下子就领略了。我们之间建立起联系,我晓得他是恐惧得全身无法动弹。我晓得,是恐惧瘫痪了他,对他体内正在发生之事的恐惧。或许是他体内有条血管爆裂了,抑或一丝长久以来让他担惊受怕的毒素,此际钻进了他的心室,也可能是他脑里的大脓疮如太阳般冉冉升起,将他的世界彻底改变。我费了很大的劲,迫使自己的目光留在他身上不移转开去,因我还暗自希望这一切只不过是我的幻想。结果我却是从椅子上跳起来冲出去;因我并没弄错。他坐在那里,身上穿着厚重的黑色冬季外套，发灰、绷紧的脸庞低垂在羊毛围巾里。嘴巴紧闭，好似使了很大的劲才能合上，但很难分辨他的眼睛是否还看得见：起雾、被烟熏灰的眼镜镜片挡在前面，微微震颤着。他的鼻翼张开，垂挂在主宰全局的太阳穴边上的长发丝，像在酷热下枯萎了。耳朵又长又黄，落下大片的阴影在后面。是的，他很清楚，自己此际正远离一切，不光只是从人们的身边。只要再过一瞬间，他将对一切不再有所意识，这张桌子与杯子与此刻他紧紧抓住的椅子，所有日常的与亲近的都将变得无法理解、陌生与沉重。他就这么坐着等待，直到一切结束。不再抵抗。

而我还在抵抗。我抵抗，虽明知我的心已悬挂在外，即便折磨我的痛苦现已落地，我依旧无法存活下去。我告诉自己：什么事都没发生，然而，我之所以可以理解那个男人，就是因为我体内也有某事正在发生，开始让我远离一切，与万物切断关系。当我听见濒死者说已经认不出任何人时，总感到毛骨悚然。然后会想象一张寂寞的脸从枕头上抬起，寻找认识的人，寻找曾见过一次的人，却一无所获。如果我的恐惧不是这么巨大的话，我就会安慰自己，不是不可能，以另一种角度看待这一切，而苟活下去。但我害怕，对此种转变害怕得无以名状。我在这个世上根本还尚未适应，这个在我看来是好的世界。为何就要到另一个去呢？我是多么乐意留在已成为我心爱的、有意义的事物之间，如果非要有什么转变的话，那么我希望至少是有狗的生活，狗的世界与我们的相近并拥有同样的事物。

还有一段时日可以让我记录与阐明这一切。然而，那一日将会来到，届时我的手将与我疏离，当我让它写字，写下的将不是我所想的。另一种解读的时刻将会降临，无一字会留在另一字后面，每个含意都如浮云般消散，如水般流逝。在承受所有这些担惊受怕的同时，我明白自己最终依旧如一位站在某个庞然大物之前者，想起以前时常也有类似的感受，在提笔开始书写之前。但这一次，我将写下。我是不断转变的印象。啊，仅差一小步，我即能理解并赞同这一切。只要再一步，我坠至谷底的不幸即会转变成至福。然而我踏不出这一步，我跌倒了，爬不起来，因我已破碎。我始终相信，援助将会出现。就在面前亲笔写下的字句里，我的祈祷文，夜复一夜的祷词。这是我特地为自己从书中寻来缮写的，以能真正贴近我心，且因一笔一画皆出自我手而仿佛是亲撰。此刻，我还要再缮写一遍，就在这里跪在桌前写；如此一来即能更长时间地停留其上，胜过单只是读，每一字延续，从起笔至写毕，给余韵以时间。

"对一切与对自我的不满,我愿在夜晚的寂静与孤独中卸除我的罪恶,再度稍微以己为傲。你们,我所爱的灵魂,你们,我歌咏的灵魂,助我振作,予我支持,让谎言与尘世有害的烟雾远离我;而你,我的主,神啊!赐予我恩典,写出几首优美的诗歌,以向己证明,我并非人之劣等,并没比我所鄙视的人还卑下!"[1]

"愚顽、备受鄙视、本国最卑微小民的儿女。如今,我竟成为他们童谣歌词的主角与任意取笑的对象。

"……他们一见我就绕道而行……

"……凌辱我,对他们而言轻而易举,为此,他们无需任何助力。

"……此刻我却欲倾诉衷肠,悲惨时光攫获我。

"夜里感到浑身骨头皆被凿穿;阵阵疼痛紧迫逼人,毫不歇止。

"借由神之力,我的衣着一变再变;人们束缚我,譬如以我外衣上的窟窿……

"我的五脏内腑翻腾不已;悲惨时光袭向我……

"我的琴音转成哀调,我的笛声转为呜咽。"

---

[1] 此段原文为法文。——译注

19　　医生不了解我。一点也不。要解释清楚当然也非易事。医生想试试用电疗法。好吧。我拿到一张单子：一点钟该到萨伯特慈善医院。我去了。我必须先通过各形各色的棚屋，穿过好几座庭院，庭院里到处都有戴白帽者犹似囚犯般地驻足在光秃秃的树下。最后终于踏入一间光线昏暗、类似走廊的长方形房间，一边是四扇镶着淡绿色毛玻璃的窗户，窗与窗之间被一道宽幅的黑色间墙隔开。墙前摆放着一条长木椅，椅上坐着他们，那些认识我的人在等候。是的，他们都在。等到我的眼睛习惯室内昏暗的光线后，我才察觉到那排没有尽头的、肩并肩坐着的候诊者当中，也有一些可能是别的人，小老百姓、工匠、侍女与载货马车车夫；走道比较窄的一边底端摆着两张特别的座椅，两位正在交谈的肥胖妇人四肢舒展地躺坐其上，可能是门房。我看时钟；差五分一点。再五分钟，暂且说再十分钟吧，就会轮到我了；所以，还不算太糟。空气很差、沉闷，充塞着衣物的气味与呼出的浊气。从某个房间的门缝溢出乙醚浓烈且益发刺鼻的凉气。我开始来回踱步。意识到自己被唤来这里，与这些人一起，于这个病患爆满的一般看诊时段。可谓首度正式证明我归属于被弃者之列；医生是从我身上看出来的吗？但我前次去看医生时，可是身穿一套堪称体面的西装，并递上我的名片。但即便如此，医生还是不知如何晓得了，也许是我自己泄露出来的。现在，既已成事实，我也不觉得有多糟糕；众人安静地坐在那儿，没留意我。有几位身上疼，轻轻摇晃着腿，希望借此能比较承受得住。几个男人把头搁在摊平的手掌心上，其他人则低垂着沉重的、泼洒而出的脸庞熟睡。一位脖子肿大发红的胖男人上身前倾地坐着，眼盯着地板时不时地对准一个觉得合适的斑点啪嗒一声吐口唾沫。有个小孩在角落啜泣；细瘦的长腿本来靠着椅边，现在则被他紧抱在胸前，仿佛得与之诀别似的。一名矮小苍白的妇人，发上斜戴一顶饰有圆形黑色花朵的绉纱帽，单薄的嘴唇上挂着怪异的微笑，而受伤的眼睑却不断地泛泪。离她不远的位子上被人放了一名有着浑圆光滑的脸庞与凸出、目光呆滞的双眼的小女孩；她的嘴巴打开，因此让人看见苍白、布满黏液的牙肉与歪斜的老牙。还有许多绷带。绷带，层层缠裹头颅，只露出一只眼睛，好似不再属于任何人。绷带，掩盖的，与绷带，展现其下是何物的。绷带，被剖开的，一只不再是手的手躺在其中，犹似躺在一张肮脏污秽的床铺上；另有一只包裹着石膏的腿，凸出行列，庞大得就像是一个人。我来回踱步，尽量不弄出声响。花很多时间观察对面的墙。注意到墙上有好几扇单扇门，它们向上并没延伸至天花板，因此这个走道并未与旁侧的房间完全隔开。我望向时钟；我已来来回回走了一个钟头了。一会后，医生们鱼贯走入。领头的几位年轻人神情漠然地走过，最后面的就是那位上回我看过的医生，手戴洁白的手套，头上戴着闪亮的缎面礼帽，身穿无懈可击的外套。当他看到我时，微微掀起礼帽并心不在焉地微笑。此刻我心中燃起马上就可被唤至诊间的希望，结果却是又继续等了一个钟头。我已记不清是如何消磨这段时光的。它就是过去了。一位腰系污斑点点的围裙，看护模样的老头走来，用手碰了碰我的肩。我踏进其中一间诊间。医生与那几位年轻人围坐在一张桌子边，注视我，有人递给我一把椅子。那么，好。我该开始讲述症状。请尽可能的简短扼要。这些先生们没有很多时间。我感到很别扭。那些年轻人坐着，用那种学来的带着优越感与专业的好奇心端详我。我认识的那位医生抚摸着他的黑色山羊胡子，心不在焉地微笑。我想我就要哭出来了，但却听到自己在讲法语："我已有荣幸，向先生您陈述一切我所能告知的讯息。您若认为有必要也透露给这些先生的话，那么在经过与我的交谈之后，想必您也能以简短的话语重复一遍，而这在我却是极其困难的。"医生面露客套的微笑起身，与助手们一起走至窗边，讲了一些话，同时一边把手朝水平方向摆动。三分钟后，其中一位年轻人，近视且毛毛躁躁的，返回桌边，试图严肃地注视我，说道："先生，您睡得好吗？"——"不，很糟。"得到我的答复后，他又跳回那群人围立的角落。他们又讨论了一会，然后医生走过来通知我，会再传唤我进来。我提醒他，原先约定的时间是一点。他微微一笑，一边用他那一双白皙的小手做了几个快速跳跃的手势，表示他很忙。于是我又回到走道，这里的空气变得更加污浊，我又开始来回踱步，即使我已觉得疲惫不堪。潮湿、积聚不散的各种气味最终令我头晕难耐；于是我就逗留在入口边上，把门稍微打开一点。看到外头还是下午时分，还有些许阳光，给予我的慰藉无以言喻。但这么站着还不到一分钟，就听见有人喊我。一位妇人，坐在距离我两步远的一个小桌边，朝我发出嘘声。是谁让我把门打开的。我说我无法忍受这里的空气。好，那是我自己的事，但所有的门都必须关上。那么，是否可以打开一扇窗呢。不，这也是被禁止的。我决定重新开始来回走动，这至少是个自我麻痹的好办法，也没碍到任何人。但坐在小桌边的女人现在对我这个举动也看不顺眼起来了。我是否没座位。是的，我没座位。走来走去是不被允许的；我必须找一个座位。应该还有空位。这女人说的没错。我真的马上就在凸眼女孩的旁边找到一个空位。我现在坐在这个位子上，心中涌现一股此种情况必将朝着某

《手记》节19

个可怕的结果发展之感。我的左手边也就是那位烂牙龈的女孩；右边这个，我仔细瞧了好一会才辨识出是什么。那是一团模样骇人的、纹丝不动的庞然大物，有一张脸和一只硕大沉重、一动也不动的手。我看得见的那一面侧脸，空洞，毫无表情，没有回忆，身上的西装就像是亡者入殓的衣着，令人毛骨悚然。细细长长的黑领带以同样松垮垮、不具任何个人风格的方式系在衣领上，外套也可看出是借由他人之手给这个无意志的身躯穿上的。双手则被人搁置在长裤上，归于原位，甚至头发也像是由洗尸妇所梳理的，僵硬齐整，犹似动物标本的毛发。我仔细观察眼前这一切，然后想到原来这个就是为我安排的位子啊，我相信自己终于抵达生命中那个我将留下来的位置。是啊，命运行进的路径是奇妙的。

突然邻近传来一声声急促的小孩受惊的防卫哭喊，接着是微弱、被捂住的哭声。正当我努力找出哭声来源的确切位置时，又有小小声的被压抑的哭喊隐隐约约地响起，然后听见几个不同人的声音在询问，一个声音，压低嗓音地下指示，接着某台机器开始发出无动于衷的嗡嗡鸣响，自顾自地。这时我想起墙是半高的，没到天花板，领悟到这些声音都是从那一扇扇门的另一头传来的，门后正在进行诊疗。确实，围着脏围裙的看护时不时会出现，招手示意。我本已不抱希望会轮到我了。是在叫我吗？不。两名男子推着一辆轮椅过来；他们将那团庞然大物抬进轮椅，这时我才看明白，原来是一位瘫痪的老男人，他还有另一面比较小的、被生活用得陈旧的侧脸，其上一只睁开的眼睛，眼珠混浊，流露哀伤。他们把他推进诊间，这时我旁边变得很宽敞。我坐着想他们对这个愚蠢的女孩有何打算，到时她是否也会哭喊。墙后的机器发出如此惬意的、宛若工厂机器运作般地嗡嗡鸣响，丝毫不会让人感到不安。

突然一切声响划然而止，一个优越自负的声音自此片静寂中响起，我想我认得它："Riez!（法：笑！）"暂停。"Riez. Mais riez, riez.（法：笑。笑啊，笑。）"我已经笑了。为何另一边的人还不愿笑呢，令人费解。一台机器隆隆作响，却又马上悄声无息，有人交谈的声音，然后同一个的声音精力充沛地再度响起，下指示道："Dites-nous le mot: avant.（法：说这个字：avant。）"拼音声："a、v、a、n、t。"……寂静。"On n'entend rien. Encore une fois: ...（法：听不见。再一次：……）"

正当墙的另一边这么持续响着温暖、含糊不清的呢喃声时：它又出现了。这么多年来首次。那个我小时候高烧卧病在床时，第一次触发我深层恐惧的：大东西。是

《手记》节19

的，我就是一直这么叫它的，当全家人围在我床边，摸着我的脉搏，问我被什么东西吓着时：大东西。当他们找来医生，医生问我怎么了，我就请他只要让大东西走开，别的就不重要了。然而，一如其他的人。他也没办法取走它，即便我当时还很小，帮助我应该不难。现在它又出现了。童年结束后它就没再出现过，即便在我发高烧的夜晚也没再来，但现在它又来了，即便我没发烧。现在它又在这里。此刻从我身上长出，犹如一个肿瘤，犹如第二颗头颅，我的一部分，即便以其如此庞大的体积，根本不可能为我所属。它在这里，犹如一头死去的大型动物，在它还活着的时候，曾是我的手或者手臂。我的血流经我，亦流经它，如同流经同一个躯体。我的心脏必须费劲地收缩，才得以将血液输进大东西：血液几乎不够用了。而且血液并不乐意流进大东西，回流时已染疾且败坏了。大东西却快速生长，从我脸上隆起，像是一个微微发热的、淡青色的肿包于我的嘴角长出，其边缘投下的阴影已落在我仅剩下的一只眼睛上。

我记不得，自己是怎么穿越那些庭院走到外头的。已是夜，我在陌生的市区迷了路，沿着那些旁边是绵绵无尽的围墙的大道朝一个方向往上走，当一直见不到底，就又折返至某个广场。从那里再转入一条街，然后出现另一条，我从未见过的，再又是另一条。电车有时车灯亮得刺眼地敲着硬邦邦的打铃声疾驶而来又去。车牌上写的地名却都不是我认识的。我不知道自己置身在哪座城市，在这里有没有住所，以及要怎么做，才不用再一直走下去。

而现在又还有这个疾病暴发，其侵扰我的方式总是怪异的。我确信，它被低估了。就如同其他疾病的严重性被高估一般。这个疾病不具有固定的特质，而是沿用被其攫获者之特质。以一种梦游症的准确抓取每位患者身上看似已安然度过，却深埋底层的危险，再度摆于他面前，逼近眼前，就在下一刻。那些在学童阶段彷徨无助地尝试过某个恶习的男人们，彼时自己那双可怜巴巴的、动作生硬的小手即是被该恶习既寄托又蒙骗的工具，又落入相同的处境，或是孩提时期痊愈的疾病又再复发；抑或某种被遗忘的习惯再度回返，几年前还常有的犹疑转头的动作。继而升起的是繁杂的回忆，犹如垂挂在刚从海底捞起之物上淅沥滴水的海藻。生命，人们从未知其存在的，冒现，掺入那真实存在过的生命与被刻意遗忘、似曾相识的过往：因浮现的生命中有一股休生养息的崭新力量，而那始终在的生命却因太过频繁的回忆而倦乏了。

我躺在床上，五层阶梯高之处，我的日子，什么都不能打断，仿若无指针的钟面。如同遗失多年之物于某日清晨又躺在它本来的位置，安然无恙，几乎比遗失的时刻还簇新，完好，如同送交保养——：童年时期失去的事物就像这般地躺在我的床单上，这儿那儿，而且就像是新的一样。所有消失的恐惧再度出现了。

害怕，突出于毛毯边上的细小羊毛线头是刚硬的，刚硬且尖锐，犹似钢针；害怕，这个睡衣上面的小纽扣会变得比我的头颅还大，庞大且沉重；害怕，此刻从我床上掉落的这块面包屑会像是玻璃般地摔在地上粉碎，以及令人窒息的担忧，担心一切也会随之破碎，一切与永远；害怕，撕碎的信函边上扯下的纸片上写着不该让人看见的字句，而小室内又找不到足够安全之处，可藏匿这个珍贵得难以形容的宝物；害怕，如果入睡，即会吞入一根堆放在火炉前的木炭；害怕，某个数字会在我脑里长大，直至我体内再无空间可容纳得下它；害怕，我躺在其上的，是一块花岗石板，灰色的花岗石；害怕，我会不禁大喊，引来全家人奔至我房前并最终破门而入，害怕，我会出卖自己，说出一切令我害怕的事物，也害怕，什么都说不出口，因一切皆无以言说，——以及其他的恐惧……恐惧。

我向神祈求我的童年，它回返了，我却感到它依旧如当时一样的艰难,我年纪的增长,一点用处也没有。

我昨日烧退了些,今日犹如春天般地掀开序幕,画里的春天。我愿意试着跨出房门,到国家图书馆去找我的诗人,许久未读他了,之后也许还可去花园散步。风也许会轻轻拂过那一方池水几乎跟天然的一样的大池塘,也可能会有孩子们来池边放船行驶,看着扬红帆的小船随波逐流。

我今天没预期到它,我是多么勇敢地出门去,仿佛在做一件再自然简单不过的事。然而,又有某个突如其来的际遇,将我抓入手中,如一张纸般地揉成一团,然后丢弃,某个闻所未闻的际遇。

圣米歇尔大道宽敞又空荡,微斜的下坡路,走起来轻松不费力。头上的窗扇纷纷向外开启,窗玻璃叮叮作响,反射出的光芒如白鸟飞越街道。一辆有着淡红色车轮的车子轻轻驶过,下方远处一位身着浅绿色衣裳的行人。骏马佩戴闪闪发光的挽具小跑在因洒水而发黑的马车道上。微风扬起,清新温煦,万物上升:气味、呼唤、钟声。

我路过一间咖啡馆,是那种夜间会有红衣假吉卜赛人玩纸牌的其中一家。通宵熬夜的空气掺杂良心不安的氛围从敞开的窗户飘散出来。几名梳着油头的侍者正在门前打扫。其中一位弯下腰，一把一把地朝户外咖啡桌下撒着黄沙。这时一位路人经过，轻轻碰撞他一下，手指了指下方街道。这位侍者满脸潮红，朝该方向努力瞭望一会，笑容如在水面泼洒般地在他无蓄须的脸庞上扩散开来。他向其他侍者招了招手，笑意盈盈的脸自左向右快速来回转动几回，召唤众人前来观看好戏，别错过了。侍者全都来了，朝下坡眺望或巡视，面带微笑或生气皱眉，因并没发现什么可笑的。

我隐隐感到丝微的恐惧在心中升起。一个不安的预感催促我避到大道另一边去；但我仅是开始稍微加快步伐，并下意识地将前面寥寥几位行人浏览一遍；都没什么异常之处。然而，却见到一名腰系蓝色围裙，单肩扛着一只空手提篮的僮仆回头看某个人。待他看够了，就原地转身，朝屋子方向，对着一位正在开怀大笑的伙计，在自己的额前摇晃手数下，一个众人皆知其意的手势。然后，黑眼珠闪闪发光，心满意足地朝着我大摇大摆地走来。

我预计一旦再无人挡住视线，就会有一位不寻常的与引人注目的人物落入眼帘，结果却是除了一位身穿深色外套，淡金色短发上戴着一顶黑色软帽的高瘦男子之外，再无其他的人。在确认这名男子身上无论衣着或是举止皆无引人发噱之处后，我试图将目光越过他朝大道下方望去，这时他的脚就被不知什么东西绊了一下。紧跟其后走的我留了心，走到该处特别仔细察看，却看不见任何东西，毫无一物。我俩继续向前迈进，他与我，彼此间的距离保持不变。前面出现行人穿越道，这时男子双腿一高一低地从人行道台阶上跳下路面，一种孩童开心时偶尔会出现的蹦蹦跳跳或大步跳跃的走路方式。抵达对面的人行道时，他则直接大跨一步上去。但人还没站稳，一条腿就微微缩起，另一条腿则高高跳起一下，紧接着又是一下，再一下。对于这个突如其来的动作，旁人大可看作是被绊了个跟跄，若要找个理由说服自己无需大惊小怪的话，可能是踩到某个小物，一粒果核、滑溜溜的果皮，随便什么；奇特的是，这名男子自己似乎也相信地上有个障碍物，因每次他都以那种一般人在此刻会投以的半恼怒、半责怪的眼神，朝闯祸的位置四下查看。我内心再度响起警告，催促我走到大道的另一边去，但我没听从，继续尾随这名男子，全神贯注地仔细观察他的双腿；当大约又走了二十步左右而其间没再出现蹦跳时，我不得不承认自己也莫名地感到松了口气，但当我把视线往上移，就发现这男子遇上了另一个麻烦。他外套的领子竖起来了；无论他怎样的单手双手交叉替换，不厌其烦地努力要把衣领折下，但就是一直不成功。这种情况有可能发生。并没怎么令我感到不安。但我立即又注意到一件令我为之惊奇不已的细节,即是此人忙碌不休的双手同时在进行两种动作:一个是暗地里迅捷地、故让人难以察觉到地把衣领往上翻,另一个则是仔细周详地、特意拖延时间地、近乎夸张地用分解慢动作地试图将衣领成功往下翻。这个发现令我如此的困惑,以至于两分钟过后,才认出掩藏在这个男人竖起的衣领以及神经质地躁动操作着的双手之后,于其脖子上冒现的,正是同一种吓人的,刚刚才离开他双腿的双音节拍跳动。从这一刻起,我就与他结盟了。我明了这个跳动会在他体内乱窜,试图从此处或彼处爆发出来。理解他的怕见人,也开始留心观察路过的人是否察觉到什么不对劲。当他的双腿突然出现一个轻微抽搐的跳动时,一道寒战流过我的背脊,所幸没人瞧见,我已暗自打定主意,倘若有人注意到的话,自己也稍微跟跄一下。这会是个好主意,让好奇的人相信真有个不显眼的小障碍物躺在路上,我们两人碰巧都先后踩到了。正当我苦思要怎么援助他时,他自己就找到了一个新的巧妙解决办法。我前面忘了提到他随身携带一根手杖;那是一根普通的乌木手杖,上端有着简洁的圆拱形把手。情急之下,他想到先以一只手(谁晓得另一只手会不会有其他必要的任务呢)将这根手杖抵在背上,笔直靠住脊椎,底端紧压骶骨,并将圆头拐杖的顶端插进衣领内，这么一来，手杖就像是一根抵在他的颈椎及第一块背椎骨后面的坚硬支柱。一种并不怎么引人瞩目，最多显得有点趾高气扬的姿态；呼应不期而至的春日，可充当一个借口。没人回头看，可行。进行得很顺利。在通过第二条行人穿越道时，自然又出现两次蹦跳，两个轻微的、半被压抑住的蹦跳，不值一提；而一个真正的明显跳跃又巧妙地掩饰过去了（刚好有一条水管横亘在路上），所以没什么好担忧的。是的，一切进行得十分顺利；偶尔他的第二只手也会伸过来抓住手杖，更加使劲地往身上压紧，危机即刻解除。然而，我内心的恐惧还是持续增长，对此我完全束手无策。我清楚，在他这么行进着并竭尽全力地试图向外摆出漠然与心不在焉的神态之同时，他体内骇人的抽搐也不断地往上叠加累积；我也害怕，随着我心中的恐惧增长，会让他也感到抽搐在长大，长大，并且目睹，当他体内又开始出现剧烈的上下晃动时，他是怎样紧紧地抓住手杖。这双手展现出如此坚不退让与严厉的态度，促使我将所有希望都寄托在他的意志上，它必定是强大的。然而，意志在这个当下又能有多大的作用呢。他精疲力竭的时刻必将到来，而这一刻应当也不远了。我跟在他后面走，心脏蹦蹦跳得很响，我将自己微薄的力量如金钱般地凑集起来，盯着他的手，请他收下，如果他需要的话。

我相信他收下了；没能多些，但我又能怎么办呢。

圣米歇尔广场上车辆很多，行人熙来攘往，我俩常常被夹在两辆车的中间，这时他就会喘口气，让紧绷的精神些许放松，似在休息，于是又出现轻轻的蹦跳一下与微微的点点头。这也许是被禁锢的疾病欲借以突破他防守的一种诡计。他的意志在两处被击溃，这次的退让在如着魔也似的肌肉上遗留下一丝诱惑的刺激与急迫的双节拍。不过，手杖依然坚守岗位，那双手看起来既凶恶又愤怒；我们就这么上了桥，还好。情况尚可。这时，他的步伐有些不稳了，往前跑了两步，然后立定。立定。左手轻轻地松开了手杖，右手则极其缓慢地举高手杖，使得我可以看见它在空气中颤抖；他把帽子稍微向后推，摸了前额一下。他将头稍微侧转，视线扫过天空、房舍与河水，却没能真正掌握住什么，然后屈服了。手杖被丢开，伸展双臂，似欲展翅飞翔，这一刻它从他体内爆发出来，犹如一股自然力，令他前俯后仰点头弯腰，他随着从体内冲出的跳舞力被抛进人群中。已有很多人围着他，我看不见他了。

又有何意义再到哪里去呢，我感到空洞洞的。犹似一张空白的纸张，沿着路旁的房舍随风飘荡，再从大道往上坡的方向飘去。

我尝试提笔写信给你,虽然在必要的分别之后,并没发生什么特别的事。但我仍尝试写,觉得有必要写信给你,因我去先贤祠看圣女了,寂寞的圣女、屋顶、门、殿内的挂灯与其谦逊的光芒,以及另一边月光映照下沉睡的城市、河流与远方。圣女守望着沉睡的城市。我哭了。我哭了,因这一切是如此毫无预期地出现在我眼前。我哭得不知如何是好。

我人在巴黎,知晓此事的人都替我感到高兴,大多数的人羡慕我。他们说的没错。这是一座伟大的城市,伟大,充斥着奇异的诱惑。至于我本身,我得承认,自己一定程度地屈从于这些诱惑了。我自认没有别种说法。我向这些诱惑屈服了,其结果就是发生了某些改变,若不是在性格方面,也会是世界观的,我的人生更是必然。在这些影响下,一种对事物迥异于以往的观点已在我脑海中成形,这个无法忽视的歧异,把我与众人区隔开来的程度,较截至目前的任何因素还来得更厉害。一个改变了的世界。一种满载全新含义的崭新生活。现下,于我还有些吃力,因万事俱新。于切身的情境中,我是名初学者。

是否有可能,去看海一次?

嗯，仅是想想而已，想象你可以过来。能否跟我推荐一位医生？我先前忘了打听。不过，现在也不需要了。

记得波德莱尔那首不可思议的诗歌《腐尸》吗？可能，我现在可以读懂它了。除了最末一节，他说的都没错。在撞见这一幕之后，诗人能做什么？他的任务，即是在此骇人的，看似只可能引发作呕反应的事物中看见存在者，其意义丝毫不逊于其他存在者。无选择与婉拒的可能。你认为，福楼拜之所以写慈悲·圣·朱莲，是出自偶然的吗？我有种感觉，这个想法应当在其中扮演了关键性的角色：一个人能否克服得了内心恐惧，于麻风病患身旁躺下，并以度云雨之夜的热情暖和其身躯，这样的话，就只会以好结局收场。

只不过不要认为我在这里屡遭失望打击的折磨，事实正好相反。有时我也很讶异，自己已准备好，为了真实，愿意扬弃一切原先期待的，即便真实令人不快。

我的神啊，如果真能分享什么啊。但那又会如何，又会如何？并不会怎么样，这只不过是选择孤独的代价。[1]

23

引发惊恐的事物存在于空气的每个组成成分中。你吸

---

[1] 以上是一封信的草稿。

入时是透明的；进入到你体内，却在五脏六腑间沉淀，硬化，变尖，化为几何体；因一切在刑场、刑训室、疯人院、手术房与晚秋时节的桥拱下进行的折磨与由此产生的恐惧：所有这一切皆具有顽强的不灭性，所有这一切皆坚守自我，对所有存在者怀抱妒意，眷眷不舍于自己骇人的真实。人们或许已将之大抵忘却；他们的睡眠轻轻打磨这些遗留在大脑上的皱褶，但梦将睡眠推开，复将纹路一一描回。于是他们猛然惊醒，大口喘气，任由一根蜡烛的焰火在黑暗中兀自熄灭，啜饮半明半暗的镇静，犹如加糖的水。然而，啊，这份安全感是怎样颤巍巍地维持在棱尖之上啊。仅是最轻微的转动，视线即会越过熟悉的与亲切的事物，适才还予人慰藉的轮廓即刻清楚显示为恐怖的边缘。你得提防室内的光线，它会使房间益发显得空洞；坐在床上的你别回头看身后是否有道影子巍峨地竖起，犹似你的主人。比较恰当的做法或许是，就待在黑暗中，你那不受限制的心也许会尝试，成为所有这些难以辨识者的负重之心。此刻你努力保持内心镇静，看着你的影像在你面前终结于双掌之间，时不时以一种犹疑的动作勾勒你脸庞的轮廓线。而你内里已几无空间；你内里的窄小不可能让极其庞大者逗留；闻所未闻者必也会成为内属，并依外在条件自我限制，念及此，几乎使你不再恐惧。但在外界，外界的恐惧无预见之可能；如果外界的恐惧强度向上攀升，那么也会往你内里添加，不是在血管，血管仍部分在你掌握之中，也不是在你漠然的内脏之迟钝里：是在毛细管里增长，管状上升地被吸入于你开枝散叶的存在末梢。它于该处上涨，高涨过你，超过你的呼吸，你逃至呼吸之上，犹如逃至你最后的立足地。啊，能再逃往哪里呢，往哪里去呢？你的心将你向外驱赶，你的心对你紧追不舍，你几乎已站立于你之外，无法再回返。犹如一只甲虫，被人一脚踩上，你被压挤出你自己，你那在表层长出的一点顽强与适应力并没什么用处。

噢，渺无实物之夜。噢，从毛玻璃窗子外望，噢，仔细上锁的房门；世代相传的家具，继承，信赖，从未知根知底。噢，楼梯间的寂静，邻室的寂静，顶上天花板的寂静。噢，母亲：噢，你是唯一一位能移转这所有寂静之人，曾经，在我的童年时代。将它们全数揽于身上，说道：别怕，是我。那一位有勇气在夜里为受惊的、因惊吓过度而变得顽劣的小孩，化身为这片寂静。你点燃烛台，窸窣声响即已是你。你把烛台举至胸前，说道：是我，别吓着了。你把烛台搁置旁侧，缓慢地，无疑：是你，你是照亮熟悉与亲切之物的光，那些无别具意图在场的器物，良善、单纯、明晰。而当墙上某处突然出现不安晃动的黑影，或是地板上响起脚步声时：你仅是微微一笑，微笑，在被照亮的背景前对着满脸担忧的脸庞坦荡地微笑，后者盯着你的脸仔细探究，似乎怀疑你已与每个模糊不清的声响秘密协商好了。哪位世上统治者的权力能与你的匹敌？瞧，诸王斜倚躺椅，两眼茫然瞪视，即使说书人精彩的故事也无法让他们回过神来。即使依偎在情妇胸脯如此令人陶醉的温柔乡，恐惧仍已偷偷爬上身，令他们浑身打战、兴致全无。但你来了，并把怪物拦在身后，严密确实地挡于其前；并非如帷幕般地，犹能让它在此处或彼处掀开。非也，就好似你听闻到需要你的呼唤，加快脚步赶上它。就好似远远抢在一切可能会发生的事之前，背后只有你的匆匆赶来、你的永恒之路、你的爱之飞翔。

那间我每天都会路过的铸工坊，门上挂了两张面具。24
年轻溺死女子的脸，在停尸间铸模卸下的，因它美，因它在微笑，因它微笑得如此魅惑，好似一切了然。下面则是他了然一切的脸。硬实的结，五官皱紧束扎而成。严苛的自我专注，意欲持续发响的音乐所展现。面容，那位听觉被神祇关上，以使他除本身的之外，再无别的音响可闻。以使他不受声响之浑浊与空洞所惑。他，其内为声响之清澈与永续；以使供他记载世界的，唯有无声的官能，悄声无息，一个绷紧的、等待的世界，未完成，在音响被创造之前。

世界之完成者：犹似那以雨的形态落于大地与水域的，漫不经心地落下，偶然坠落，——益发无形与雀跃地依循自然法则从万物再度升起与上升与飘浮与形塑天空：我们泪水的升华亦是这般自你升起，还笼罩世界以音乐。

你的音乐：应当笼罩世界；而不是我们。世人该为你在底比斯打造一架钢琴；且将有天使引领你至此孑然独立的乐器面前，途经连绵荒山、列王与娼妓以及隐士的长眠地。他且会展翅高飞，尽速离去，惶恐地，在你开始演奏之前。

于是你尽情倾泻，澎湃涌流者，闻所未闻；将唯有宇宙足以承受者还予宇宙。贝都因人将会奔逃远方，在迷信的驱使下；商贾却扑倒于你音波边缘，仿佛你即是风暴。夜晚孤狮陆续出现，远远绕着你兜转，受其自身所惊吓，感到体内激越的血液之威胁。

因谁此刻能将你从那些贪婪之耳唤回？谁能将他们逐出音乐厅，那些被收买者，有着不育的、即通奸、却从不受孕的听觉？精子喷洒而出，他们却取来戏耍，犹如娼妓，抑或他颓然倒下，他们却依然闲适躺卧，露出心满意足的神态，就好似俄南的精子倾撒于他们众人之间。

但，主啊，一位处子的、未曾与人共眠之耳能否躺卧你的声响旁：它应会死于至福，抑或孕育出永恒者，而其繁殖的脑必定会在响亮的分娩当下瞬间爆裂。

我并没看轻它。我知道这需要勇气。但，我们暂且先这么假设吧，有人拥有此种courage du luxe（法：豪奢的勇气），去跟踪他们，以便就此弄清楚（谁又会忘记或把它跟别的事情混淆呢？），他们之后的藏身处与其他日子掀起序幕的方式以及夜间是否就寝。后面这点尤须确认：他们是否就寝。但单单拥有勇气并不够。因他们并非像普通人一样的出没，跟踪后者是件小事。他们出现，又消失，犹如锡兵一般，被人摆上，再被取走。通常人们会在某个稍微偏僻，但绝非完全隐蔽的角落发现他们。灌木丛凹进，环绕草坪的小径微弯处：他们就伫立该处，周围透明空荡，仿佛站在一顶玻璃罩下。你可能会把他们看作独自沉思的散步者，这些外表不起眼的男人，个头矮小，各方面都显得低调。但你搞错了。你没看到他的左手伸进旧外套的斜口袋里抓取东西；找到了，再伸出手，看起来笨拙又惹人瞩目地腾空举起那个小东西吗？一分钟不到，就出现两三只鸟儿，麻雀，好奇地蹦蹦跳跳而来。如果这名男子成功地保持不动，符合鸟儿们对不动所拥有的精确认知的话，那么它们就没理由不再靠近一点。终于，一只麻雀率先飞起，慌张地扑打翅膀一会，飞至那只手边，它（神知晓）朴拙且显然别无所求的手指呈上一小块甜面包屑。围观的人越多——自然和他保持着一段距离，他就与他们越无相通点。他立定该处，犹似一座蜡烛业已燃尽，仅剩烛芯还发出微星火光的烛台，整个人被弄得很暖和，却始终纹风不动。而他用以吸引与诱引鸟儿啄食的技巧，那些为数不少的小笨鸟根本无从评判优劣。如果没有那些围观群众，并且让他在那里站得够久的话，我相信天使也会赫然降临，克服心中的不适，从那只指头变形的手上啃食一口已不新鲜的甜面包。而现在，一如往常，人类妨碍了他的出现。他们安排只有鸟儿会来；认为这样的回报已算丰厚，并宣称他也没有别的期待。又会有什么期待，它，这个饱经风吹雨淋的破旧稻草人，微斜插在地上，犹似驻扎在小花园的船头雕像；而它之所以采用这种站姿，是因为在其一生中曾经一度站在某处的最前端，最动荡起伏的位置上吗？如今这般的斑驳褪色，是因为曾经艳丽多彩吗？你想跟它探询吗？

唯独对女人无需多问，倘若你见过女人喂鸟的话。你甚至可以直接尾随她们；她们就这么边走边喂；仿佛轻而易举。但别打扰。她们自己也不清楚是如何办到的。突然手提袋内就有很多面包,从薄头纱下端伸出手,举起一大块面包,边缘被轻轻地啃咬了一下,因此还是湿湿的。见到自己的唾液能在世上稍微传播开来,令她们感到很惬意,因鸟儿会带着她们唾液的余味四处飞翔,即便它们自然马上就忘了这个味道。

我以前坐在你,固执的人,的书堆中,正如同那些不让你维持原状,单以取走他们看中的份额为满足者,试图将之据为己有。因我当时还尚未领略名望即是对正在形成者的公然打断,大批闲杂人等闯入其工地,肆意挪动地上石块。

年轻人,随便何地的,内心升起某种令其战栗的情感,利用此手段,阻止他人真正认识你。如果他们驳斥你,以为你微不足道,如果那些与你往来的人彻底鄙弃你,如果他们因你钟爱的思想之故而欲歼灭你,即是这些显目的危险,促使你在内心坚守自我,而于日后得以对抗随名望而来的奸狡敌意,即借由散播你来剥夺你的颠覆力。

别给任何人谈论你的机会,即便仅是轻蔑的。随着时光流逝,你会发现你的名字业已在人群中流传,别看重自己的名字胜于所有其他从他们口中听闻的字句。该想到:它已败坏,摘掉。换上别的,任何一个,以便神能在夜里呼唤你。并且不透露给任何人知道。

你，最孤独的人，特立独行者，他们是怎样迫不及待地将声望弥补给你。就在不久前，他们还彻底反对你，现在却待你如同类。将你的言说引入其妄自尊大搭起的牢笼，指示给它们趴下的位置，并在确保自身安全无虞的情况下，稍加挑衅。所有你那些吓人的猛兽。

就在此时我才开始读你，这时它们朝我破笼而出，袭击孑立自身荒原的我，那一头头绝望的猛兽。绝望，一如你本身在尽头，你，所有的地图皆将你的路径绘制错误。犹如一个跨越天际的腾跳，你的道路勾勒出的这道无从指望的双曲线，仅一次转向我们，逼近，复骇然离去。是什么让你孜孜念念于，一个女人是否留下或者出走，一个人是否落入圈套和一个人是否会发狂，亡者是否依然栩栩如生，与在世者是否犹似行尸走肉：是什么让你如此在意？这一切对你而言是如此的自然；你穿行，就好比一般人穿越前厅而过，并没要你停步。你却逗留，俯身向着发生在我们身上的际遇正沸腾、凝结水滴与变色之所在，内在世界。从未有人抵达的更深处；一扇门猛然向你敞开，你走至被烈焰火光笼罩的蒸馏瓶前。该处，你，多疑的人，从不携伴前往，你在蒸馏瓶前坐定，一一辨别其中的过渡变化。就在该处，因你的天赋是揭露，非造型与立论，你下定决心扛起一个艰巨的任务，你欲将这些细微的，你本身最初也唯有借助显微镜才得以看个明白的，凭一己之力放大于众人面前，巨大，在所有人的面前。你的剧场就此成立。你无法等待这个近乎无限，历经数百年来浓缩的人生精华被其他艺术发现，从而让个人也能看见并逐渐凝聚共识，最终主张透过舞台上的类比演绎，一同见证这些大名鼎鼎的传闻真实性。此过程你等不及，你人在场，你非得将近乎无以测量的事物：一丝引发温度上升半度的情感，几无任何心理负担之意志的被你贴近读出的角度偏移，一滴渴望里的微浊，与信赖的原子中此一抹变色的虚无：你得将这些一一确认与保存；因人生现正处于此种过程中，我们的生活，滑入我们内里，向内蜷缩，如此深处，几无预期。

如你这样的一位，揭示为与生俱来的本能，永恒的悲剧诗人，你非得将此人生毛细管作用一举转换成最具说服力的肢体语言，最触手可及之物。你对自己的作品采取史无前例的暴行，它们益发不耐烦地、益发绝望地在可见之物中寻找足以与内在所见者匹配之物。兔子、阁楼、大厅，厅内一人来回踱步：隔壁房间玻璃震动的声响、窗前大火、太阳。教堂与形似教堂的崖谷。这些仍还不足够；最后塔群与整座山脉也得加入；以及掩埋大地风景的雪崩，将具象物超载的舞台掩没殆尽，只因皆无法概括。你无以为继。被你折弯掰近的指挥棒两端向外弹开；你的狂野之力自这支具有弹性的木棒窜出，你的作品恍若不在。

否则，该如何理解你为何直至生命的尽头都不愿离开窗边一步，固执一如既往。你欲观察路过行人；只因你想到，是否有一天能从他们身上创作出些什么，假使下定决心开始的话。

27　　那时首先引发我注意的，是对于一个女人，人们说不出个什么所以然来；我发觉他们在描述她的时候，是怎样的将她省略过去，怎样的提到很多其他的人与细述环境、地点、什物，直到一个特定的范围，即完全打住，温柔与像是小心翼翼地用浅色的、从不特意描粗的轮廓线把她圈起来地打住。"她长什么模样？"我于是问道。"金发，有点像你"，他们回答，并列举所有其他还晓得的特征；却又是同样的非常不明确，无法让我在脑海中勾勒出更清晰的模样来。真正看见她，唯有在妈妈跟我讲那则故事时，那个我总是一再央求她讲给我听的故事——。

——然后，每次在讲到狗的那一幕时，她必定会特地闭上眼睛，并仿佛急切地用双手捧住她那完全封闭起来的，但每一个毛细孔皆透出光芒的脸庞，手指冷冷地触摸着鬓角。"我看见它，马尔特，"她用恳求的语气说道，"我看见它。"听她讲起这段往事时，已是生命中的最后几年了。在那段她已不想再见到任何人，并且无论到哪里，即便旅行期间，也始终随身携带一个细孔小银筛过滤所有饮品的时期。固态食物，她完全不碰了，除了少许饼干或者面包之外，等到她独自一人时，就把它们剥碎，小口小口地吃，就像孩童吃面包屑一样。对针的恐惧这时已完全掌控了她。跟其他人，她仅是带着歉意地这么解释道："我只不过是什么都承受不了了，但别担心，我很好。"但对我，她却会突然把脸转向我（我当时已经比较大了），勉强挤出一丝微笑地说："怎么有这么多针啊，马尔特，到处都有针头，如果仔细想想，它们多容易就可能掉落出来啊……"她试图用开玩笑的语气说道；但，一想到所有草率固定的、随时都可能从某处坠落的针头，她就惊恐得浑身打战。

但当她讲起英格褒时，就心无挂碍了；这时她不会想到该保重身体；这时她笑，这时她忆起英格褒的笑而笑，人们真该亲眼看看英格褒是多么美啊。"她能逗我们所有人开心，"她说，"你父亲也是，马尔特，实实在在的开心。但是，后来却听说她将要死了，虽然她看起来只像是生了一场小病,我们所有人都避谈此事并向她隐瞒这个噩耗,有一次她在床上坐起来,就像一个人想要仔细听清某个声音一样,自顾自地说道:'你们不需要这么拘谨;我们大家心里都明白,请你们放心吧,它这么来临是好的,我不喜欢了。'想象一下啊,她说:'我不喜欢了';她这位能让我们大家都开心的人。你将来是否能够明白呢,等你长大以后,马尔特?以后想想看吧,也许你会突然记起这句话。倘若有人能明白这种事,是很好的。"

当妈妈独自一人时,总在思索"这种事",而在她临终前的最后几年,她总是独自一人。

"我绝对想不明白的,马尔特",她有时这么说道,带着她那别具一格的清冷的微笑,一种并没想让人看见,其目的在将嘴角上扬即已达成的微笑。"但,就是没人感兴趣弄明白;我若是男人,没错,正因为假使我是男人,我就会好好思索这件事,按照顺序一步一步来,从头开始。因一定有个起头,若能掌握起头,也算是有点成果了。啊,马尔特,我们就这么悄声无息地离开人世,我感到,在我们与世诀别的那一刹那,所有人都心不在焉与忙碌,并没真正留意到。就好似一颗流星坠落了,却无人看见,无人许愿。马尔特,绝对不要忘记,给自己许下什么心愿啊。许愿,是人不该放弃的事。我虽不相信愿望一定会实

《手记》节28

现，但有些愿望是历时长久的，一辈子之久，以至于根本等不到实现的那一刻。"

在妈妈让人将英格褒的小写字柜搬到楼上她的房间之后，我就时常撞见她坐在写字柜前，因我并不需要先敲门，即可进入她的房间。我的脚步踏在地毯上无声无息的，但她还是察觉了，将一只手越过另一侧的肩膀伸向我，这只手没半点重量，吻上去，就像是吻在每夜临睡前递至我唇边的象牙耶稣受难像上。她坐在这个低矮的写字柜前，一块面板可拉下作为桌面，就像坐在一架乐器前。"柜里阳光灿烂啊"，她说道，确实，柜内奇异的明亮，被已有些年份的黄漆所照亮，上面还绘有花卉图案，总是一朵红的，再一朵蓝的。若是三朵花并排出现，那么就是在中间插入一朵紫花，隔开另外两种颜色的花。这三种颜色与水平延展的细长藤蔓之绿色的褪色暗淡，以及底色的光辉灿烂，都不是真的很清晰。由此形成一种奇特的色调之间的压抑关系，内在彼此对立，却又不明白表示。

妈妈将小抽屉一一拉出，里面都空无一物。

"啊，玫瑰"，她说道，微微倾身向前，把脸埋入抽屉内尚未散尽的混浊香气中。在查看这些抽屉时，她始终一边幻想着还能在一个无人料到其存在、唯有按下某个隐藏的弹簧才能开启的秘密抽屉中找到什么东西。"突然就跳出来了,你该见识一下的",她严肃又忐忑地这么说道,急切地抽出所有抽屉。但若真有什么纸张遗留在里面,她就会仔细折好,锁入抽屉中,并不读它。"我也看不懂的,马尔特,肯定对我太难了。"她坚信所有事情对她而言都太复杂了。"人生没有初级班,总是直接上来最艰巨的事物,要求一个人去面对。"人们跟我再三强调,她是自从经历了姐姐可怕的意外丧命之后才变成这样,奥列嘉·丝姬儿女伯爵是被烧死的,当时她正准备出发前往一场舞会,站在燃烛的镜前调整发上的花饰。但最后几年,英格褒在她眼中才是最难理解的。

现在我要一五一十地写下,当我向妈妈央求时,她跟我讲述的那则故事。

时序正值仲夏,英格褒葬礼举办后的星期四。从露台上我们饮茶的位置,可以望见家族墓园的山墙显露在高大的榆树林间。餐具摆放得就像这张桌子边上从未再多坐过一位成员般,大伙也松散地围坐桌边。每人都带了件物品来,一本书或一只工作篮,因此甚至还感到空间有点局促。阿伯珑妮(妈妈最小的妹妹)倒茶给每位在座者,所有人都忙着传递茶杯,只有你祖父坐在他的扶手椅上朝房屋的方向望去。当时正是邮差送信的时刻,往常大都由英格褒转交信件,因要安排餐点,她总是会在屋内耽搁得比

《手记》节28

较久。在她临终病重卧床的那几个星期，我们有足够充裕的时间，戒除掉看到她也来喝茶的习惯；因我们很清楚她无法前来。但这天下午，马尔特，在她真的不可能再来的时候——：她来了。也许得归咎于我们；也许我们呼唤了她。因我记得我坐在桌边，忽然绞尽脑汁地想要弄清楚，究竟有什么与往常不同。突然间我说不出来是什么；我完全把它忘了。我抬起目光，看见其他人都朝房屋的方向望去，不是用一种特别的、引人注意的方式，而是带着平静与家常的期待。但我正要——（马尔特，一想起这一幕，我就全身发冷），神保佑我，我正要脱口而出："怎还不见——"这时卡伐利尔已经，正如它一贯会有的举动，从桌下窜出朝她飞奔而去。我亲眼看见，马尔特，我的两只眼睛亲眼看见的。它朝她跑去，虽然她并没来；但对它而言，她来了。它回头望了我们两次，似乎在征得我们的同意。然后朝她冲去，一如往常，马尔特，跟往常一模一样，跑至她脚边；因它开始绕圈跳，马尔特，绕着某个不在的人，然后往其身上扑，欲舔她，笔直上扑。我们听见它兴奋得发出呜呜声，而以它这么急促地一次又一次往高处腾跳，着实让人以为它是借由跳跃遮住她的身影，好让我们看不见她。但此时突然响起一声哀号，它将腾空的身子强行扭转过来，冲回原位，动作奇特地笨拙，古怪地趴

《手记》节28

下，一动也不动。另一头，仆人手捧一叠信件踏出屋外。他犹疑了一会；显然，朝着我们的脸孔走来，并非易事。而你父亲也已经向他打手势，示意他留在原处。你父亲，马尔特，并不喜欢动物；此时却朝狗走去，在我看来，缓慢地，然后俯身向狗。他跟仆人说了什么，几个简短的字，单音节的。我看见仆人快步向前，抱起卡伐利尔。但你父亲却自己接过这只动物，捧着它走进屋内，仿佛十分清楚要往何处去。

29　　某次，讲到这个故事的尾声时，天色已几乎完全暗下来，我差点就要告诉妈妈"手"的故事：在那当下，我应该可以讲得出口。我已深吸一口气，准备开始，却忽然很能体会那位仆人为何无法对着他们的脸走去。纵使光线昏暗，我依然害怕看见妈妈的脸，如果它也看到我看见的东西。我连忙又吸了一口气，佯装自己没别的意思。再过几年，在经历乌楞克罗斯特画廊那个奇异的夜晚之后，接下来的几天我都试图跟小艾立克透露这个秘密。但，在那次夜谈之后，他又对我完全封闭起来，刻意回避我；我认为他瞧不起我。正因为这个缘故，我想跟他讲"手"的故事。我暗暗设想，若能让他相信自己确实亲身经历过这种事的话，就能博得他的尊重（出于某种理由，这是我当时迫切所希望的）。然而，艾立克很擅长回避，我最终还是未能如愿。然后，我们也马上就启程离开了。因此，这是我第一次，颇奇特的，（而且最终也只是对着自己）讲述一件发生在遥远的童年时代的离奇遭遇。

我当时还多么的幼小，可从我必须跪在椅子上，才能够得到桌面舒服作画这件事上看出来。那时是晚上，冬季，若我没记错的话，是在我们城里的寓所。桌子立在我房间的两扇窗户之间，除了那盏照亮我的图画纸与保姆的书的灯之外，房间里面没有其他的灯；保姆坐在我的旁边，稍微退后一点，她在看书。她看书的时候，仿佛人在远方，我不清楚是否沉浸在书中；她可以一连看好几个钟头，很少翻动书页，给我一种仿佛书页上的字越来越多的印象，仿佛她将字看进书里，特定的字词，她急需而没印在书页上的。这是我作画期间内心浮现的感受。我画的很慢，没有特定的意图，不晓得如何继续画的时候，就把头稍微向右倾斜俯瞰全图；以这种方式，总能让我快速想起还缺少什么。我画的是军官骑马奔赴战场，或正处在战场上，后者也比较简单，因几乎只要画上烟雾笼罩一切即可。妈妈后来自然总是声称我小时候常画岛屿；岛上有高大的树木、一座宫殿、台阶与开在岸边的繁花与它们映在水中的倒影。但我相信这是她杜撰的，或者那是后来才画的。

《手记》节29

所以，就说定那天晚上我是在画骑士，单独的一位，耀眼夺目的骑士坐在一匹披挂着奇特的马铠的骏马上。他是如此的绚丽多彩，使得我必须频繁更换色笔，但红色还是最常使用的颜色，因此我一再伸手抓取红笔。此刻又再需要它时；它却滚开了，滚过（我还看得见它）灯光映照下的图画纸，直到桌子边上，在我来得及伸手阻挡之前，它就从我身侧滚下，不见踪影。我正急需使用它，现在却得爬下椅子去寻找，着实讨厌。手脚笨拙如当时的我必须耗费很大的工夫才下得去；我的腿令我感到似乎太长了，很难从腹下抽出；长时的跪姿也令我双腿麻木；分不清哪只是我的腿，哪只是椅脚。最后总算成功下地，虽有些晕头转向的，两只脚站在长毛地毯上，这张地毯从桌子底下一直铺到墙边。但此刻又冒出新的麻烦。我的双眼因已习惯桌上的明亮，并且被纸上涂抹的缤纷色彩刺激得眼花缭乱，下到桌子底下就辨识不出任何东西，这里的黑暗是如此的严密厚实，令我担心一头撞上。只好仰仗触觉，我跪着以左手支地，右手在凉丝丝的长毛地毯上四处摸索，地毯摸起来让人有种亲昵的感觉；只是我并没摸到铅笔。觉得已经浪费不少时间，我正想张口喊保姆，请她把灯拿下来之际，留意到在不自觉费劲看清楚的情况下，我的视力已逐渐能够穿透黑暗。已能辨认后面饰有浅色收边条的墙壁；我凭借桌脚来辨识方向；更重要的，是我能从黑暗中辨识出自己的手，它五指叉开，孤零零的，有点类似水生动物，在下面移动，搜索地面。我还记得自己当时几乎是满怀好奇地注视它；看它这么在下面做着一些我从未观察过的动作，四处摸索，觉得它似乎会做一些我并没教过它的行为。我的目光紧紧追随着它，兴趣盎然地观察它怎样的向前突进，已有准备目睹任何情况发生。但我怎会料到，竟突然有另一只手从墙边朝我的方向移动，一只较大的、异常枯瘦的手，我从未见过的手。它做着跟我的手相仿的动作，从另一边摸索过来，两只五指叉开的手盲目地朝彼此移动。我的好奇心本来还尚未竭尽，却戛然而止，心中只余恐惧。我感到两只手中有一只属于自己，而它正奔向某个无法弥补的后果而去。凭借我对它拥有的一切权力，我让它停下，摊平，并慢慢抽回，与此同时眼睛紧盯着另一只手，它还在继续搜索。我明白它不会停止搜索，我无法解释自己是如何又爬上椅子的。我深陷沙发椅中，牙齿格格打战，脸上血液稀微得令我感到眼珠子的蓝色也消失了。保姆——，我喃喃地想要吐出这两个字，却发不出任何声音。而她自己就已受到惊吓，把书丢到一旁，跪在椅边喊我的名字；我想她也前后摇晃了我的肩膀。我的意识其实倒是很清楚的。我吞了几次口水；因我想要讲述刚才的经历。

但该怎么说呢？我费了很大的劲，镇定自己激动的情绪，却无法用口语表达得让人可以理解！即便有话语可以传达此一事件，我也还太幼小，不会晓得。并且突然有一股恐惧感攫住我，想到这些话语可能还是会，超出我的年纪所能承受的范围，忽地冒现，在我看来，得说出它们比任何事情都还来得可怕。重新再经历一遍我在桌下的实际遭遇，别种形式，转化过的，从头开始；倾听自己怎样一一道来，对此，我已再无力气了。

如果我现在声称自己在当时即已察觉到有某物进入我生命中，笔直地走进我的生命，从此我就得独自携带着它一起在世间晃荡，始终与永远，自然只是臆想。我看见幼时的自己躺在装有护栏的小床上没入睡，而是隐隐约约地预见到人生将会是如此：充斥着离奇的事物，然而，只是针对一人而言，无法向他人诉说。可确定的是，有股哀伤与沉重的骄傲之情逐渐在我内心升起。想象人们怎样的四处溜达，满腹心事，却缄默不语。我对成年人油然升起猛烈的同情；钦佩他们，打算向他们坦白我对他们的钦佩之意。我打算一有机会就跟保姆表示。

30 然后，又有一个属于这种类型的疾病来袭，其目的就是要向我证明这个并不是我首次遭遇到的独特经历。高烧在我体内翻腾搅动，从最底层挖掘出许多我本身也不知其存在的经验、图像、真相；我躺在那里，身上堆满自己，等候那一刻的降临，命令我将这一切再折叠放进我内里，井井有条地，依次排序。我开始动手，但它们在我的双手底下衍生起来，抵抗不从，数量太大了。我被惹恼了，将全部一股脑儿塞进我里面，使劲压紧；但我无法再将自己合拢。于是我大喊起来，半敞开着如当时的我，我喊了又喊。直到开始把视线由内转向外时，才看见他们环立在我床边已经多时了，并且握着我的手，一支点燃的蜡烛，他们巨大的影子在身后摇晃不已。父亲命令我说出发生了什么事。是一个口气和善、压低了嗓音的命令，但仍然是个命令。我若不回答，他就会不耐烦。

妈妈从未在晚上来过——，或，不，有一次她来了。那回我喊了又喊，保姆来了，还有女管家西维尔森与马车夫乔治也都来了；但全都束手无策。最后只好派马车去接我父母亲回来，他们正在参加一个盛大的舞会，我想，是在王储的宫殿举办的。不久，我忽然听见马车驶进庭院的声音，我停止哭喊，坐起身来，眼睛望向房门。然后，从其他房间传来轻声的簌簌作响，妈妈踏进房门，一身隆重的宫廷晚礼服，但她丝毫不在意身上的华服，几乎是飞奔而来，任由白色的皮裘在身后滑落，用裸露的手臂将我拥入怀中。我带着前所未有的惊奇与欣喜感受她的秀发、精心修饰的小巧脸庞、耳垂上冰冷的宝石，与肩上散发花香的丝绸。我们就这么保持拥抱姿势呜咽哭泣亲吻彼此，直到意识父亲也在场，必须分开。"他发高烧了"，母亲怯怯地说道，父亲抓起我的手量脉搏。他身穿猎骑兵队长制服，佩戴漂亮的水蓝色宽边象勋缎带。"唤我们回来，真是胡闹"，他面朝房间说道，眼睛并没看我。他们已承诺舞会主人，若没什么要紧的话，就会再返回舞会。是没什么要紧的。我看到床毯上躺着妈妈遗留下来的舞会邀请卡与白山茶花，这种花我还没见过，发现摸起来是冰冰凉凉的，就把它们搁在眼皮上。

31　　但真正让人备感漫长的，是这种病发作期间的午后时光。在熬过辗转难眠的痛苦长夜后，总是在黎明时分进入梦乡，醒来时以为又是清晨，实际上是午后，不变的午后，无尽的午后。人这么懒洋洋地躺在整理过的床铺上，关节部位或许成长了点，疲惫至极，以致脑筋一片空白。苹果泥的味道留在口中久久不散，倘若细细品尝，不由自主地，让纯粹的酸味取代思考在体内散布，那么就什么都可能了。之后，当体力恢复了，把枕头在背后堆叠起来，靠坐着玩锡兵；但锡兵在歪歪斜斜的床上桌面上站得不稳，很容易倾倒，且总是成排一起；而人根本还没在生命中站稳，以能够一再地从头开始呢。突然觉得受够了，请仆人把这一切都尽快清走，眼前又只见两只手，视线再移远点，俯瞰上头空无一物的毛毯，顿感惬意。

当妈妈过来待半小时念童话给我听时（真正的、长时间的朗读是西维尔森的任务），并非真的为童话之故。因我们之间有个共识，都不爱童话。对于神奇的事物，我们抱持着迥异于童话世界的概念。认为如果事情发生得皆不脱离自然的事物，才总是最神奇的。我们不怎么钦羡空中飞行的能力，仙女则令我们失望，对于变身，我们也只期待不过是表面的改变形貌。但我们还是会读点童话，以便看起来有事在忙的样子；若有人踏进房门，还得特别跟他解释在做什么的话，会令我们感到别扭；尤其对父亲，我们的动作会摆弄得特别夸张地清楚。

只有在确定不会受到打扰，窗外暮色也渐浓的情况下，我们才会沉浸在回忆中，我们共同的回忆，在我们看来都已久远，一想到，嘴角还会不禁泛起微笑来；因自从那时以后，我俩都长大了啊。我们想起曾有段时间妈妈希望我是小女孩，而不是像我小时候那样的小男孩。我不知怎的猜中她的心思，而兴起下午有时去敲她房门的主意。当她开口问门外是谁时,我就会兴奋地轻声喊道,"苏菲",把嗓音拉得细细长长的,喉咙也因此痒痒。当我踏进妈妈的房内(身上的小家居服本来就像是女孩服的样式,衣袖整个卷得高高的),我就是苏菲了,妈妈的小苏菲,忙着做家事,妈妈得替她扎起麻花辫,以免跟顽皮的马尔特混淆,假使他又进来的话。这种情况是无人乐见的;妈妈和苏菲都宁可他不在,而且她们的闲聊(苏菲继续用尖细的嗓音说话)也大多绕着马尔特打转,列举他干了什么恶作剧,抱怨连连。"唉唉,这个马尔特",妈妈叹口气说道。而且苏菲晓得很多一般男孩子会干的坏事,仿佛她认识一大堆男孩子似的。

"我很想知道苏菲后来怎么样了",在回忆这件往事时,妈妈突然这么说道。马尔特自然无法提供任何讯息。但当妈妈猜想说她一定已经过世时,他就会坚决地驳斥这种揣测,并向她赌咒发誓千万别这样想,即便自己也提不出什么证据。

32　　现今我若仔细思量,即会惊讶于自己竟能每每从这般发高烧的世界安然回返,再度适应于这种极其彼此相依的生活当中,每个人都希望能得到情感支持,明白自己是置身于熟悉的事物之中,彼此相互理解地小心相处。某事被期待，它发生了或没发生，再无第三种可能。有些东西，是可悲的，自始至终，也有令人感到惬意的东西以及很多不甚紧要的东西。但若是要给某人带来惊喜的，那么就是个惊喜，这个人就要做出恰当的反应。基本上，这一切都很简单，一旦搞懂了，就发生得自然而然。万事皆纳入这些约定俗成的界线内；当外面正值阳光灿烂的美好夏季，那么就得在学校课堂里度过漫长单调的时光；散步，途中得用法语交谈；客人来访，被唤来跟访客打招呼，假如碰巧内心忧伤，客人还会觉得滑稽，欲逗人发笑，犹如逗弄某些天生长着苦瓜脸蛋的鸟儿。以及生日，当然了，许多小孩获邀在这天来家里，几乎都是没有什么交情的，腼腆尴尬的小孩，弄得人也腼腆尴尬起来，或大胆放肆的小孩，抓伤人的脸，还弄碎人刚收到的礼物，以及突然走掉的小孩，在看到礼物全都从纸箱与木匣子扯出，堆成小山之后。但若是独个儿玩耍，一如往常，就有可能意外跨出这个循规蹈矩的、整体而言没什么凶险的世界，而落入全然不同的、压根没预料到的情境之中。

　　保姆有时会闹偏头痛，发作得异常猛烈的那种，在这样的日子，别人就难见到我的踪影。我晓得父亲若想到要问起我来而我却不在时，就会派遣马车夫去公园寻我。我可从楼上一间客房的窗子望见他大步奔跑出去，在长长的

《手记》节32

林荫道起点喊我的名字。这些客房,一间连着一间,位于乌楞克罗斯的山墙后面,这段时期因罕有访客,几乎总是空着。但紧接在这些客房之后的,就是那间对我有着莫大吸引力的边角大房。里头虽然只有一尊古老的半身像,我想是海军上将尤尔的塑像,再无其他,不过,四面的墙壁却都安装了内部空间深广的灰面壁柜,以至于窗户也只能设置于柜子上方的空白墙上。我在其中一扇柜门上找到钥匙,可用来开启所有其他的柜门。因此,不消多时,我就把所有柜内的东西都翻看了一遍:有十八世纪的侍从官礼服,织入的银线使得整件礼服摸起来冰冰凉凉的,与搭配穿着的华丽的刺绣背心;丹麦国旗礼服与象勋礼服,乍看之下会以为是女人的服饰,因其风格的富丽繁复与衬里柔软的触感。然后是真正的女士晚礼服,被支架撑开,僵硬地悬挂着,犹似一出编制过于浩大、彻底过时的戏剧里的傀儡,头颅被取走,另作他用。旁边的柜子打开后,却是满眼幽暗,因着里面挂着的成排高领制服而黯淡无光,它们看起来比其他所有的服饰都来得陈旧,也像是其实并不希望被保存下来。

没人会感到奇怪,我把这些服饰全拖出衣柜,摊在阳光下;拿着这件那件在身上比划或披挂在肩上;急急地套上一件看来合身的服饰,然后,好奇又兴奋地奔进最近一间客房，站在窄长的、由不规则的绿色玻璃小片拼组而成的柱镜前。啊，穿着这身衣裳，镜中的人儿全身打战得多么厉害啊，如果这就是他的模样，该多迷人。镜中有某个东西踏出模糊的背景，比我本人更迟缓地挨近，因镜子似乎不相信也不愿意，睡眼惺忪如它，将人念给它的东西马上复诵出来。但它最终自然还是得从命。于是某个令人吃惊的、陌异的、与想象中截然不同的，某个突兀的、自主的形体显现出来了，我迅速上下扫视一遍，以便在下一刻还能认出自己，并非没带点讽刺的意味，这个念头差点就摧毁我所有的乐趣。但当我马上开口说话，鞠躬，挥手致意，频频回首顾盼，离开又果断亢奋地回返时，我的想象力就会站在我这边，随我高兴多久了。

那时我认识到一件特定的服饰所施加在人身上的直接影响。才刚披上其中一件外套，我就不得不承认落入其掌控之中；它指使我的动作、面部表情，甚至想法；我的手，时不时从花边袖口露出来，不再是我平常的手；它犹似一位演员般地在比划着，是的，我想说，它注视着自己，即便听起来夸大其词。我在这段时间的变装从没到让我自己也感觉完全异化的程度；相反的，我变换的形象越多样，我就越有自信。我的胆子越来越大；把自己抛得越来越高；因能够熟练地接住自己的信心，凌驾于一切怀疑之上。我没留意到在这个快速窜升的自信中，诱惑也在酝酿。离厄运降临我的头上，就只差最后一个我一直以为无法打开的衣柜在有一天终于向我让步开启，呈现在我眼前任由我拿取的，并非特定身份穿着的服饰，而是化装舞会适用的各式各样行头，从中引发的无限幻想的可能性，令我兴奋得脸颊都潮红了。无法将柜里所有的服饰全都列举出来。我记得除了一张方形面具之外，还有各种颜色的眼罩面具，缝上硬币因此叮当作响的女裙；我觉得蠢模蠢样的小丑服，土耳其打折裤与滑出樟脑小包的波斯帽，和镶着呆板、色泽黯淡的宝石的头冠。对于所有这些玩意儿，我都有点鄙夷；当它们被人从衣柜里扯出，暴露在日光下，呈现出如此寒酸的不真实，犹如被剥下的兽皮般可怜巴巴地挂在衣架上，松垮下垂，毫无意志。真正能让我陷入一种痴迷状态的，反倒是宽大的斗篷、头巾、围巾、面纱，所有这些百依百顺的、没有剪裁过的大块布料，它们是柔软迎合的，或极其光滑、几乎抓不住的，或轻盈得如掠过身边的风也似的，或以其全部重量单纯的沉甸甸的。在这些织品上，我才看到真正的自由与无穷变化的可能性：化身为女奴，任由人贩卖，或者成为贞德或老迈的国王或魔术师；这一切现在全都掌握在我手中，尤其还有面具可供佩戴，做出威吓或惊异表情的庞大脸孔，上面装着真正的胡须与浓密或高高挑起的眉毛。我先前从未看过面具，但马上就猜到这里必定会有。当我想起我们家以前一只看起来像是戴着一张面具的狗，就不禁笑了出来。脑海中浮现它那双含情脉脉的眼睛，总像是从后方望进毛茸茸的脸。在装扮的时候，我一边还在笑，把本来要扮演的角色都忘了。打算等到站在镜前再做决定，现在的情况既新鲜又刺激。那张被我系上的脸，闻起来有一丝古怪空洞的气味，紧贴在我的脸上，不过我的眼睛可以透过两个孔无碍地向外看视，而且我是先戴上面具，才开始挑选各式各样的丝巾，以围头巾的方式缠在头上，因此这张下缘伸进宽大黄斗篷的面具的上缘与左右两侧也全都被遮盖住了。最后，当我再也无法添加什么时，才认为已经乔装打扮得足够了。我另外又抓起一根长棍携在身边，伸长手臂还勉强够得着，拖着步子前进，不无吃力，但在我看来，无比庄严地走进客房，朝着镜子而去。

我现在的模样真是无比绝伦，超出所有的预期。镜子也即刻反映出来了，它是如此的具有说服力。根本无需再多做任何动作；这个形象完美无瑕，即便我什么也没做。但我想弄清楚自己所扮演的究竟是什么角色，所以把身子稍微侧偏，最后高举双臂：伟大的召唤手势，这是，如同我自己也已察觉到的，唯一正确的动作。然而，就在这个庄严隆重的一刻，我听到就在近旁响起一声，因我的蒙面而变得闷闷的、多声部的噪音；受极大的惊吓之余，我把视线从镜中的影像身上挪开，懊恼地发现自己打翻了一张小圆桌，连同上面天晓得可能是极其易碎的什物。我尽可能地弯下身子，发现心中最坏的预期得到证实：看起来全都摔破了。两尊没特别用途的、绿紫相间的瓷鹦鹉自然也不例外，各自以不同的方式严重破损。一只铁盒的盒盖被摔飞了，从中滚出貌似昆虫吐丝作茧的糖果，只看到剩下的半个铁盒，另一半完全不见踪影。但最恼人的，是摔成粉碎的香水瓶，残余的某种陈年香精溅洒出来，在光可鉴人的地板上染出一摊模样甚是恶心的污渍。我连忙抽下披挂在身上的一条布料擦拭，结果却是把颜色弄得更黑更难看。我深感绝望。起身想找寻一个可以补救这一切的东西。却遍寻不着。也因视线与每个行动都受到极大的限制，使得我对这个自己也不再明了的荒唐处境恼怒起来。伸手拉扯缠在身上的所有玩意，但它们却越缠越紧。斗篷的绑带勒住我的脖子，头上的丝巾压迫着我的头，缠绕的布料仿佛变得越来越多。与此同时，空气也变得混浊起来，像是被蒙上一层泼洒出来的陈年液体所蒸发的雾气。

　　我又闷热又气恼地冲到镜子前，透过面具很吃力地注视自己双手的动作。而这个却正是镜子在等待着的。它报复的时刻来临了。正当我越来越恐慌，使劲想要把自己从装扮压挤出来时，它不知施展了什么手段，迫使我抬头注视它，并向我口授一个影像，不，一个真实，一个陌生的、难以理解的、怪诞的真实，在违背我的意志之下充塞我：因它现在是比较强大的一方，而我则是镜子。我瞪视眼前这个高大、可怖的陌生人，单独跟他在一起令我恐惧。而就在我这么想的这一瞬间，最糟糕的情况发生了：我丧失全部的感官知觉，索性失灵。有一秒钟之久，我对自己涌现出一股难以形容的、锥心与徒然的渴望，然而，却只有他还在：除了他，没有别的。

我跑开，但现在是他在跑。四处冲撞，他不认识这幢房子，不知道要往何处去；跑下一道楼梯，在走道上扑向一个人，此人尖叫逃开。一扇门打开，走出好几个人：啊，啊，认出他们的感觉真好。是西维尔森，好西维尔森，与女仆和管理银器的仆人：现在该是采取行动的时刻了。但他们并没快步上前拯救我；他们的冷酷无止境。他们就站着束手旁观大笑，天啊，他们竟然能够就看着大笑。我哭了，但面具阻挡泪水外流，泪水在面具后面流淌过我的脸颊，马上就干了，再流，又干了。最后我跪在他们面前，就像是从未有人如此跪下一般；我跪倒在地，向他们高举双手祈求道，"如果还来得及的话，把我弄出来，并保住我吧",但他们没听见我的话;我再也发不出任何声音了。

西维尔森直到生命的尽头都在讲那天我怎样倒下,他们怎样继续大笑,以为这也是属于戏码的一部分。他们已看惯了我玩这种把戏。但见我一直躺着不动,也不回答。他们才终于发现我已失去知觉而受到惊吓,我就像是一块碎片躺在所有那堆丝巾布料当中,就像是一块碎片。

33   时光飞逝,又到了该邀请牧师耶斯佩森博士来访的时候。对全体家庭成员而言,这个意味着又要面临一段煎熬枯燥的早餐时间。习于被包裹在邻里们虔诚的氛围中,却每每因其本身之故而让之烟消云散,他在我们这里并不得其所;可谓躺在干地上大口喘气。用鳃呼吸,这种他在自身上培养的能力只能艰苦运作着,冒出气泡,整体看来,并不是没有窒息的风险。谈话题材,确切说来,根本不存在;不过是剩货抛售,出清库存。耶斯佩森博士来我们家造访期间不得不将身份局限为私人;但这正是他从来都不是的。自具有思考能力开始,他就任职于灵魂行业。对他而言,灵魂是一所公共机关,他为其代表,并能做到一分一秒不离岗位,甚至与妻子共处时也不例外,"他那谦逊忠实,因养育儿女而备受尊崇的利百加",如拉瓦特就另一范例所言。

（顺带一提，至于我的父亲，他对神的态度则是一板一眼的，应有的礼数做得一丝不苟。有时在教堂看他立正，静候，与鞠躬，觉得他简直是服侍神的猎骑兵队长。妈妈的意见却正好相反，她认为一个人竟然能够对神持以礼貌关系，近乎是个侮辱。倘若她信奉的是繁文缛节的宗教，那么长跪数个钟头，俯身在地，并在胸前与两肩毕恭毕敬地画上大十字符号，在她眼中就会是一种至福。她并没指导我如何正确祈祷，但见我乐意跪下，还将双手一下交叉紧握，一下竖起合掌，端视哪种手势正好让我觉得表现力比较丰富，就感到内心欣慰。在没受到什么干扰的情况下，我的内在世界很早就历经一连串的发展，但直到多年以后陷入绝望的我才将之与神联系起来，而且程度是如此之激烈，使得他成形，复又爆裂，几乎在同一瞬间。显然，我得从头开始。而在进行这个开始时，我有时感到需要妈妈的协助，虽然独力通过这个阶段，自然是比较合宜的。而且那个时候她也早已过世多年了。）[1]

跟耶斯佩森博士，妈妈几乎可以畅所欲言。她愿意与他进行深入交谈，耶斯佩森博士也很认真看待这样的谈

---

[1] 书写于手稿的页缘上。

话，不过，一旦他开始自顾自地滔滔不绝时，她就会觉得够了，忽然把他整个忘了，好似他人已离开。"他怎么办得到，"她有时提到他时，会这么说道，"搭车四处兜转，前往濒死者家中呢。"

他也在同样的情况下来看她，但她的眼睛肯定已经看不见他了。她的五官知觉一个接着一个丧失，首先是视觉。那时正值秋季，我们已打算搬回城里住，但她却正好在此时病倒，或者该这么说，立即开始死去，从整个表层开始缓慢又无望地死去。医生陆续前来看诊，然后有一天，所有医生齐聚家中，占领整幢房屋。历时数小时之久，仿佛房屋已为内阁大臣及其助手们所属，无我们置喙的余地。但那天过后，他们就失去一切兴趣，只有个别医生还会前来，像是出于纯粹的礼貌，过来抽根雪茄与喝杯波尔图酒。而就在这期间，妈妈与世长辞了。

我们只还在等妈妈唯一的哥哥克里斯蒂安·布莱伯爵，就我们记忆所及，他曾在土耳其服役过一段时间，如常言道，获得极大的荣誉。一天早上，他在一位明显异乡人模样的仆人之陪伴下抵达。看见他竟比父亲还高大，且似乎更年长，我甚是惊奇。两位绅士立即交换了几句话，我猜是跟妈妈有关的。一阵缄默。然后父亲说道："她走样得很厉害。"我并不明白这句话的含义，然而在听见的当下，令我不寒而栗。我有个印象，仿佛父亲在讲出这句话之前，必须先克服内心的障碍。不过，坦承此事而受伤的，应该尤其是他的自尊心。

多年后，我才重又听别人提起克里斯蒂安伯爵。是在乌楞克罗斯特，从玛蒂德·布莱的口中，她特别喜欢谈论他。不过，我相信她是将个别插曲随意排列组合来讲述，因有关我舅舅的生平事迹，流传在社会上的，甚至进入家族成员之间的，都只停留在传闻阶段，对于这些传闻，他从不加以反驳，所以可能的解读，几近无边无际。乌楞克罗斯特现今归在他的名下。但无人晓得他是否居住在那里。也许他依旧过着云游四海的生活，一如他的习性；也许他的死讯正在路上，发自地球上某个最偏僻的角落，由陌生的仆人用蹩脚的英语或任何一种陌生语言撰写而成。或也许此人有天被孤零零地抛下，没给外界任何信息。也可能主仆俩人早已不知去向，只剩下名字还列在失踪船只的乘客名单上，写的却不是他们真正的名字。

自然，当时若有马车驶进乌楞克罗斯特，我总会在心中期待看见他踏进屋门，心脏跳动频率也因此变得异常。玛蒂德·布莱宣称：他总在大家最没预期的时候赫然出现，这就是他的作风。他并没再来，但我的想象力还是持续数个星期之久绕着他打转，我有种感觉，仿佛我们亏欠彼此一种关系，很想知道关于他的实际情况。

接下来，我的兴趣很快就转移了，受到一些事件的影响完全转向克莉丝汀·布莱，奇特的是，我没想去打听她的生平事迹。困扰我的，反倒是她的画像是否也挂在画廊。想要确认的欲望越来越强烈，执着且磨人，使得我好几个晚上都辗转难眠，直到那天夜里我终于爬下床来，上楼去，神晓得，完全是临时起意，手中端着我的烛台，烛焰似乎害怕得在打战。

至于我，我并没想到害怕。我什么都没想；我就是前进。轻而易举地开启眼前与头上一道道高大的门扉，经过的房间都悄声无息。终于感到深邃的空间拂面，我踏入了画廊。可以感觉得出来右边是一排窗户与窗里的夜，那么左边就应该是一幅幅的画像了。我尽可能地举高烛台。没错：画像在这里。

起初，我只打算找女子画像，不过却能辨识出一幅又一幅的画中人物来，乌斯加尔德也挂着类似的画像，而当我这么从下往上将它们一一照亮，它们就纷纷骚动起来，欲靠近烛光，我感到若不至少等候一下，就会显得冷酷无情。屡屡出现克里斯蒂安四世的画像，他的鬓发结成美丽的辫子垂挂在宽广的、微微隆起的面颊两侧。还有几幅可能是他历任妻子的画像,其中我只认识基尔斯滕·蒙克;然后,我突然感到艾伦·马斯文夫人的瞪视目光,身着寡妇服的她神情多疑,头上戴的高顶帽的檐上缠着同一款式的珍珠链条。接下来是克里斯蒂安国王的子嗣们:他一个接着一个新娶的妻子为他生养的一个比一个年幼的后代,"无与伦比的"莱奥诺拉高跨在一匹做着侧对步的白色骏马上,年华正茂,灾难还未降临其头上。吉尔顿洛夫斯家族:汉斯·乌利克,西班牙女人认为他特意将面庞涂得如此血红,以衬托自己的血性方刚,与令人难以忘怀的乌利克·克里斯蒂安。以及几乎乌尔菲尔特家族的所有成员。这位一只眼睛被涂黑的,可能是海恩立克·哈洛克,他在三十三岁那年当上伯爵与陆军元帅,后来他在迎娶海尔褒·克拉菲瑟小姐的途中做了一个梦,梦见交至他手中的,并非新娘,而是一把抽出剑鞘的长剑:他将这个梦铭记在心,因而折返,从此展开有勇无谋的短暂一生,最后染上瘟疫而丧命。这些人物我皆认得。奈梅亨会议使臣们的画像我们在乌斯加尔德亦有收藏,他们的外貌都有点雷同,因是同一期绘制的,每位都留着一道修剪得细长的胡子在肉感、微凸的嘴唇上。我认识乌利希公爵,自是理所当然,以及奥图·布莱、克劳斯·达与史登·罗森斯派尔,其家族的最后一代;因在乌斯加尔德的大厅就已看过他们

《手记》节34

所有人的画像，抑或在古旧的纸夹中曾找到他们的肖像版画过。

后面还出现许多我从未见过的画像；女人的不多，但有许多孩童的画像。我的手臂早已开始酸痛，打战，但我还是一再举高蜡烛，以便看清那些孩童的模样。我能理解她们，这些小女孩手上擎着鸟儿，却将之浑然忘却。有时会有一只小狗趴坐她们脚边，一颗球躺在地上，旁边的桌上摆着鲜花水果；后面的柱上悬挂着，小巧与临时性质的，格鲁伯或比尔或罗森克朗兹的家族徽章。人们在她们身边集聚众物，像是要补偿诸多的遗憾。她们却只是伫立等待，身穿漂亮的衣裳；看得出来，她们在等。我不禁又想起女人们，想起克莉丝汀·布莱，不知是否认得出她来。

我想快速走到画廊尽头，再从那边折返寻找，却撞到某样东西。我急促转身，使得小艾立克往后跳开并小声说道：" 小心你的蜡烛。"

"你在这里？"我屏息说道，不清楚这样是好是坏。他只是笑，我不知道该怎么反应。手中的烛光摇曳，无法看清他脸上的表情。他也在场，肯定不妥。他却向我走近，一边开口说道："她的画像不在这里，我们还在上面寻找。"他压低嗓音，并将那只可以转动的眼睛朝上一瞥。我明白他在指阁楼。但我脑中突然涌现一个古怪的念头。

《手记》节 34

"我们?"我问道,"她在上面?"

"是啊。"他点点头,贴近我站定。

"她也亲自一起找?"

"对,我们在寻找。"

"所以人们把它移走了,画像?"

"对,想想看呐!"他忿忿不平地说道。但我不明白她要那幅画做什么。

"她想要看看自己。"他在我耳畔低语道。

"哦,是这样。"我这么说,假装明白了。这时,他吹熄了我的蜡烛。我看到他的脸庞伸进烛光,眉毛高高扬起。然后,就一片漆黑。我不由自主地往后退。

"你干什么?"我低声喊道,感到喉咙干涩。他跳到我的背上,抱住我的胳膊,并咯咯笑。

"干嘛?"我呵斥,想把他甩开,但他紧紧抱住我。我阻止不了他用手臂紧紧勾住我的脖子。

"我该跟你讲吗?"他尖起嘴巴小声说道,把唾沫星儿溅到我的耳朵上。

"是,是,快讲。"

我不晓得自己在说什么。他现在已经把我整个抱住,并竖直上半身。

"我给她带来了一面镜子。"他说道又咯咯笑起来。

"一面镜子?"

"对,因画像不在啊。"

"不,不。"我说。

他突然把我扯向窗户,手指深深掐进我的上手臂,令我痛得喊出来。

"她不在里面。"他往我耳里吹气。

我不禁使劲推开他,他的身体发出咔嚓一响,似乎把他打破了。

"走开,走开,"这时我自己也不得不尴尬地笑,"不在里面,为什么不在里面?"

"你真蠢。"他生气地反击道,不再轻声细语。语气骤变,仿佛开始演出一出还未上演的新剧码。"一个人要么在里面,"他用一种早熟的语气严肃地宣称道,"就不会在这里;或如果一个人在这里,就不会在里面。"

"当然。"我不假思索地很快答道。我怕他会走开,把我一个人丢在这里。甚至伸手抓住他。

"我们做朋友好吗?"我提议道。他是要让人特别央求他的人。"我无所谓。"他鲁莽地回答道。

我试图开始进展我们的友谊,却不敢拥抱他。"亲爱的艾立克",我只说得出口这几个字,并用手稍微碰碰他的身子。我突然感到很疲倦。环顾四周;不再记得自己怎么来的,并且居然不害怕。不知哪边是窗子,哪边是画像。当我们离开画廊时,必须由他领着我走。"他们不会对你怎么样的",他豪气地向我保证,又略略笑起来。

亲爱的、亲爱的艾立克;也许你真的是我唯一的朋友。因我从未有过朋友。很遗憾,你不重视友谊。否则的话,我可以跟你透露一些事情。也许我们合得来。谁晓得呢。我记得,那时正在绘制你的肖像画。外祖父请人来帮你画肖像。每天上午一个钟头。我现在记不清画家的长相,也忘了他的名字,即便当时玛蒂德·布莱把他的名字时时刻刻挂在嘴上。

他是否看见你,就如同我看见你一样?你一身青莲色的丝绒服。玛蒂德·布莱对这套衣服赞不绝口。但现在这个不是重点。我只想知道他是否看见你。我们假定,这是一位真正的画家。假定他没想到你会在这幅画完成之前就与世长辞;假定他没多愁善感地看待这件事情;假定他就只专注于工作。假定他喜欢你两只不一样的棕眼;假定他没有片刻会因为看到那只不会动的眼睛而感到腼腆;假定他很得体地没放置任何物品在你手边的桌上,它也许稍微支撑在桌子上——。此外,还假定必要的细节俱全,且恰如其分:这样的一幅画完成了,你的画像,乌楞克罗斯特画廊里的最后一幅。

（当人们走进画廊，看过每幅画像之后，就会发现还有一幅小男孩的画像。等一会：这位是谁？一位布莱。你没看见竖立在黑土地上的银杆与孔雀羽毛吗？这里也有名字：艾立克·布莱。不是有一位艾立克·布莱被处决了吗？当然，这事很出名。不过，这幅画不可能是在画那一位。这个男孩没能长大，还是孩童的年纪就夭折了，不管是在哪一年。你难道看不出来吗？）

36   每当有访客上门，艾立克被叫来见客时，玛蒂德·布莱总会再三强调他与老布莱伯爵夫人，也就是我的外祖母，就像是一个模子刻出来的。据说她是一位非常了不起的女士。我没能认识她。反倒是对父亲的母亲，乌斯加尔德真正的女主人，记忆尤深。妈妈作为列骑兵队长之妻进入家门之事，在她心中激起的怒火从未平息过。自从那一刻起，她就不断摆出业已退休的姿态，每一件琐事都派仆人来询问妈妈，重要大事却都自行决定，且立即派人执行，并不事先对任何人说明。我相信，妈妈也不会希望情况不是这样。她不适合管理这么大的一栋房子，她完全无法区分事情的轻重缓急。人家告诉她的每一件事都被她看作唯一一件大事，而忘了还有其他的事。她从来没有抱怨过她的婆婆。她又能向谁抱怨呢？父亲极其尊敬他的母亲，而祖父在家里则没什么置喙的余地。

玛格丽特·布里格，就我记忆所及，一直是高大、难以亲近的老妇人。我只记得她比侍从官更加老迈，再无别的印象。她虽然跟我们在一起生活，却完全不顾虑我们。她不倚赖我们任何人，有一位女伴始终随侍其左右，奥克斯伯爵小姐，由于祖母先前对这位已上年纪的女士的某件善举，后者自此必须向她报以无尽的义务。那次应该是唯一的一次例外，行善并非祖母的风格。她不喜欢小孩，也不许动物近身。我不清楚她是否喜爱过什么。据说她年轻的时候，曾与英俊的菲力斯·李奇洛夫斯基订有婚约，但此人后来在法兰克福凄惨地丧命。她故去后，在她的遗物中的确找到一帧侯爵肖像，若我没记错，后来也交还他的家人。现在想来，或许这种乡居的退隐生活，在乌斯加尔德年复一年益发平静的生活，让她错过了另一种辉煌的生活：符合她天性的。很难判断她是否为此感到遗憾。或许她只是蔑视命运竟没照预期的发展，致使她错失施展社交手腕，发挥天赋所长的机会。她将这一切深埋在心里，上面长出硬壳来，多层的、易碎且微微闪耀金属的光泽，最外面的一层则是崭新与冰冷的。自然有时她也会做些天真的、没耐心之举，泄露内心不满未受到足够的重视；就我亲身经历的那段时期而言，她用餐时会突然被呛到，并以一种明显且复杂的方式咳嗽，确保得到所有人的关注，她则可以，至少片刻，展露多愁善感又扣人心弦的模样，就如她本来能在盛大场合所展现的一样。然而，我猜想父亲是在座唯一的一位，认真看待此种太过频繁发生的意外。他看着她，毕恭毕敬地微倾上身，旁人可读出他脑海中转着欲将自己正常的气管提供给她，完全交付她使用的念头。侍从官自然也中断用餐；举起酒杯啜饮一小口，忍住不发表任何意见。

他在餐桌上仅有一次对妻子毫不退让。这已是多年前的往事了；但这个故事依然被人不怀好意地在私底下流传；毕竟在任何地方都还会有人尚未听闻过啊。据说，侍从官夫人有段时期会对因粗心大意而将酒渍沾染桌巾这种小事大发雷霆；一旦出现这样的斑渍，必然逃不过她的眼睛，并且无论是如何发生的，都会遭到她最严厉的谴责，可谓让肇事者颜面尽失。有一次，甚至是发生在众多贵客在场时。几个无伤大雅的小斑点被她刻意夸大，成为她讥讽斥责的目标，无论祖父怎样借由打小手势与用玩笑的语气呼喊提醒她，她依旧顽固地指责不休，但接下来出现的场面，就让她也不得不中断责骂了。即是发生一件从未有过且难以置信的事。侍从官要了那瓶正在餐桌上传递的红酒，开始聚精会神地给自己的酒杯注入红酒。只是，令人大为吃惊地，当酒杯早已注满，他却仍然不停止倒酒，反倒是在四周逐渐静默下来的气氛中，继续缓慢且小心翼翼地倒酒，直到妈妈，她从不压抑自己，爆出一声大笑，整个僵持的场面才在笑声中落幕。所有人也都松了口气，侍从官这时抬起头来，将酒瓶递给仆人。

后来，则又有另一个怪癖占据我祖母全部的心神。她无法忍受家里有人生病。有一次，女厨师不小心切伤了自己的手，又碰巧被她撞见手缠着绷带，她就宣称整栋屋子弥漫着黄碘的气味，好不容易才说服她不要因此把女厨师解雇。她不想被人提醒病痛的存在。如果有人疏忽大意不小心在她面前表示身体微恙，那么无异于一种对她个人的冒犯，会令她长久耿耿于怀。

妈妈去世的那年秋天，侍从官夫人就把自己和苏菲·奥克斯关在她们的房间内，与我们断绝一切往来。连她的儿子也不接见。这个死亡确实来得很不恰当。房间阴冷，壁炉冒烟，老鼠闯进屋内；无一处能幸免于鼠辈的侵犯。但不光是这些原因，玛格丽特·布里格还对妈妈即将离世一事感到愤怒；一个她拒绝谈论的话题居然成为每日要事；年轻主妇竟胆敢抢先在她前面离世，她已有告别尘世的念头，只不过尚未定下日期。她其实时常想到自己终须一死。只是不愿被催赶。她将会死去,这是肯定的,但要在她乐意的时候,然后其他人尽管可以跟着断气,如果他们着急的话。

因妈妈之死,她从未完全原谅过我们。顺道一提,她在接下来的冬季急速老化。行走的时候,还能将腰板挺得笔直,但一坐进扶手椅,整个人就塌垮下来,也越来越重听。可以坐在她前面瞪大眼睛盯着她瞧数个钟头,她都不会有所感觉。她置身于内在世界的某处;她意识清楚的时候不多,且仅能维持片刻,她的意识是虚空的,不再为其所据有。然后,她跟帮她调整披肩的伯爵小姐讲几句话,用她那双刚洗净的大手把衣服往身上拉拢,仿佛有水倾倒出来,抑或我们不够洁净。

她在春天将临之际故去,在城里,一个夜里。苏菲·奥克斯没听见任何声响,虽然她的房门是敞开的。等到早上被人发现时,她已冰冷得像片玻璃。

紧接着就是侍从官那场浩大又恐怖的疾病暴发。仿佛他在等她生命告终,以能毫无忌惮地死去,正如他不得不的。

37   妈妈去世后的隔年,我才注意到阿伯珑妮。阿伯珑妮一直都在。这么说,对她很不公平。再来就是阿伯珑妮并不讨人喜欢,此事我很早就从一次时机获得证实,却从未严肃检视过这种看法的背后缘由。探询阿伯珑妮的事,对直到那时的我来说,都显得近乎可笑。阿伯珑妮就是在,大家都尽可能地利用她。但我却突然自问:阿伯珑妮为何会在?家里的每个人在这里,都有一个特定的理由,虽然也绝非总是显而易见的,比方说像奥克斯小姐的作用。但为何阿伯珑妮会在?有段时间是说她需要散心。但这个理由不久就被人淡忘。没人会特别替她解闷。她也没给人需要排忧解闷的印象。

顺带一提,阿伯珑妮有个优点:她能唱。意思是说,有些时候她会唱歌。她体内蕴含一股强大、坚定不移的乐音。如果天使真的是男性,那么可以说,她的声音具有某种雄性特质:一种辉煌、晴空万里般的男子气概。我还小的时候,就觉得音乐不可信赖(并非因为它比任何事物都更能提升我,而是发觉它并没把我归回原先找到我的地方,而是把我放置于更低的一层,某个未完成之列),但我却能忍受这个音籁,攀附着上升,越来越高,直到感到应当已经抵达天堂好一会了。我没想到阿伯珑妮还会替我开启另一个天堂。

我们之间的关系最初建立在她跟我讲述妈妈的少女时代。她费尽唇舌,企图让我相信妈妈以前是多么勇敢与青春洋溢。她信誓旦旦地表示，当时没人能在舞蹈和骑马这两个项目与她匹敌。"她是胆子最大的女孩子，永不知疲倦，然后突然就嫁人了，"阿伯珑妮说道，经过这么多年，她依然为此感到惊讶，"这事来得如此出乎意料，没人能真正理解。"

我想知道阿伯珑妮为什么没结婚。觉得她年纪已经不小，并没想到她还可能会结婚。

"就是没对象啊。"她这么简单回答我，讲这句话的时候，模样看起来很美。阿伯珑妮美吗？我惊奇地自问。然后就到了我该离家前往贵族学院就读的时候，一段烦闷的时期就此开始。而当我在索罗，远离他人，凭窗伫立，也无人打扰时，凝视窗前树丛，在这样的时刻与夜里，对阿伯珑妮是美的确信，就会涌现心头。就是从这个时候开始，我写那些长的、短的、许许多多的秘密书信给她，我想信里写的是有关乌斯加尔德与我的郁闷。但现在看来，仍旧算是情书。终于假期即将到来，它先前像是根本不愿到来似的，我们仿佛约定好了一般，避开其他人重逢。

我们之间根本没事先约定好，但当马车驶进公园，我就不禁先行下车，也许只因不愿像个陌生人一样地被载至屋门前。已是盛夏。我跑进其中一条小径，朝一株金链花奔去。阿伯珑妮就站在那儿。美丽、美丽的阿伯珑妮。

你凝视我的一幕，我愿永志不忘。你戴着你的凝视，犹似某个无法固定之物将其撑开于后仰的脸庞上。

啊，气氛难道完全没有改变吗？乌斯加尔德周遭难道没因我们的热情而变得比较暖和吗？公园里是否有几株玫瑰绽放得更长久，直至进入十二月仍未凋谢？

我不愿谈你什么，阿伯珑妮。不是因为我们弄错了：而是因为你爱着一位对象，彼时亦然，被你铭记在心，你是爱者，而我则爱所有的女人；因为说出口，对你并不公平。

这里有几张织毯，阿伯珑妮，壁毯。我想象你也在这里，共六张，来吧，让我们一起慢慢欣赏。但先后退一步，将全部一起尽收眼底。很是静谧吧，不是吗？它们之间仅有细微的变化。总有一座椭圆形的蓝色岛屿悬浮在低调的红色背景上，背景本身繁花遍布，其间还有许多兀自忙碌的小动物。只有那头，最后一张，小岛微微上升，好似变得比较轻盈。岛上总托着一个人儿，穿着不同服饰的女子，但始终是同一位。有时还会有一个比较矮小的人物在她身旁，一位侍女，而且总有持徽章的动物在场，大型动物，一起在岛上，参与情节。左侧一头狮子，右侧，浅色的，一只独角兽；它们举着相同图案的旗帜，飘扬在上：三弯银月，上升着，于红底蓝带上。——你看见了吗，要从第一张开始欣赏吗？

她在喂鹰。身上的服饰多么华美啊。鸟儿停在戴着手套的玉手上，鼓动翅膀。她凝视着它，另一手伸向侍女捧着的托碗，拈撮饲料，给鸟啄食。右下方一只娇小的丝绒毛犬蹲坐在她的拖地长裙上，抬头仰望，希望没被人遗忘。还有，你有注意到在她身后一道低矮的玫瑰花架隔开小岛吗。两头徽章动物护盾兽般地用后脚挺立，神情高傲。身上亦披挂着徽章，宛若斗篷。一只漂亮的搭扣束住徽章。风在吹拂。

往下一张走去时，是不是一瞥见她全神贯注的神情，就会情不自禁地放轻脚步：她在编织头冠，用鲜花编成的小巧圆形头冠。串上一朵花的同时，她一边考虑着下一朵该从侍女双手端着的浅盘里取出何种颜色的康乃馨。后面长凳上放置着一只盛满玫瑰花的花篮，无人理会，倒是一只猴子发现了花篮。但这回得使用的是康乃馨。狮子显得心不在焉；右边的独角兽则若有所悟。

不是该有音乐打破这片寂静，它不是已经微弱了吗？她一身端庄沉静的装束，走至（很缓慢吧，不是吗？）便携式管风琴前，站着弹奏，音管隔开她与侍女，后者在另一头鼓风。她从未如此美丽过。秀发巧妙地分梳成两条长辫，前拉，再向上穿过头巾束起，发尾翘起，犹似头盔的短翎饰。狮子闷闷不乐地忍受着乐音，满脸不情愿，忍住不发出怒吼。独角兽则很美，仿若随波起伏着。

小岛变宽敞了。中央竖起一顶帐篷。蓝缎材质，绣着金色火焰。两只动物拉开帐篷的门，她纵使身穿侯爵小姐的华服，依然清秀可人，踏出帐篷。她身上的珍珠又怎能与她比美呢。侍女把一个小首饰盒打开，她从中拾起一串项链，一个沉甸甸、耀眼夺目的珠宝，先前一直被锁在盒内。小狗坐在她身侧一个特别为它准备的高凳上凝视着这一幕。你有发现织在帐篷上缘的箴言吗？上头写着："A mon seul désir.（法：我唯一的愿望。）"

发生了什么事，为何小兔子在底下蹦跳，为何一眼就看到它在蹦跳？一切都显得如此拘束。狮子无事可做。她自己举着旗帜。或是撑着它站立？另一只手抓住独角兽的角。这是悲悼吗？悲悼能站得如此挺直吗？丧服会是这般缄默不语，如这件局部磨损的墨绿色丝绒服吗？

然而，却还有个庆典，没邀请任何人来。期待在此无关紧要。一切皆已到齐。一切俱是永恒。狮子眼神近乎显露威吓，环顾四周：不准任何人接近。我们还没看见她疲惫过；她累了吗？抑或之所以坐下，只因她手上拿着某个沉重的东西？人们可能会以为那是一只圣体匣。但她将另一只手臂搭在独角兽的背上，这头兽谄媚地直起前半身，

《手记》节38

倚在她的膝上。她手里持的,是一面镜子。你瞧:她给独角兽看它的影像——。

阿伯珑妮,我想象你也在这里。你明白吗,阿伯珑妮?我想,你一定懂的。

如今贵妇与独角兽壁毯也已不在古老的布萨克城堡里了。所有家藏宝物都得从显赫家族出清的时刻到了，他们无力再保留任何东西。危险已变得比安全更确切。没有任何一位勒·威斯特家族的人还会在路上与谁并行，身上流着这个家族的血液。他们的子嗣全都已殁。没有人会再说出你的名字，皮耶·德比逊，出身古老世家的骑士团首领，这些织画的诞生或许拜其愿望所赐，它们赞颂一切，却什么也没透露。（啊，诗人又曾不一样地描写女人过吗，更为详尽周延地，如她们所指。确定的是，我们所知仅此而已。）现在，我意外地来到它们前面，与其他同样意外来到的人一起，几乎因并没收到邀请而受惊。却也有一些人视若无睹地走过，即便这样的人从来都只是少数。年轻人则几乎都不会停下脚步，除非他们的专业正好相关，曾见过这些壁毯，才会仔细察看某个吸引他们的特点。

不过，有时会看到年轻女孩流连其前。博物馆里总有很多来自各地的年轻女孩，她们告别了什么都无法保留的家。在这些织毯前相遇，稍微忘我地沉浸其中。她们内心总有种感觉，曾经过着这种慢调子的宁静生活，比划着从未阐明其义的手势，她们依稀记得有段时间甚至认为这也将会是她们未来的生活。然而,她们却迅速抽出一本簿子,信手画起素描来,随意找个图案照着画,一朵花朵或者一只快活的小动物。画什么并不重要,有人曾这么教诲她们。这个真的无关紧要。画出来才是重点;也就是因为这个原因,她们才离家出走,义无反顾。她们都出身良好家庭。但现在,当她们作画时抬起手臂,竟暴露出背后的纽扣没扣好,或没完全扣上。有几个纽扣是自己的手无法伸及的。裁制这件衣裳的时候,也没料到她们有一天会突然独自离家。家里总找得到人替自己扣上这些衣扣。但在这里,亲爱的神啊,在一个这样的大城市,谁会多管闲事。非得先要有个女性友人不可;女性友人们也都处境相仿,自然会互相帮忙扣好衣服。这显得可笑,也让人想起家,而这个却是人不愿想起的。

在作画时,有时难免暗自思忖,是否可能留在家里就好。如果自己能够信仰虔诚,发自内心地虔诚,与其他人相同步调的话。但大伙一起这么做,就会显得很蠢。路不知怎的变得狭窄起来:全家人不可能再一起上教堂。只剩下其他被迫共享的事物。但如果公平地分配,每人就仅能得到很小的部分,像是在羞辱人。而如果分配的时候要弄欺骗的手段,则会引发口角。不,来画画确实还是比较好,不管画什么。随着时间的进展,总会逐渐画得惟妙惟肖起来。而技艺如果是这么一步一步精进的，还真是项值得歆羡的成就呢。

努力将心中意图付诸实现，这些年轻女孩连头都不抬起来了。她们没察觉到在自己振笔疾画这一切素描的时候，所做的无异于是将恒常不变的生活，那以其无尽的不可言说在她们眼前的织画上辉煌展开的生活，压抑于内心深处。她们不愿相信。现在，因很多事情都不一样了，她们也愿意改变自己。她们几乎就要彻底扬弃自我，如同男人在她们不在场时谈论她们一般地思索自身。在她们看来，这意味着进步。她们几乎已深信不疑，身而为人就该追求乐趣，不断地追求更大的乐趣：这即是人生的意义，若不想庸庸碌碌地虚度一生的话。她们已开始四顾寻觅；她们，长处本来始终在于被发现。

之所以会变成这样，我相信是因为她们疲怠了。几个世纪以来，成就爱情的功臣是她们，整个对话，双方的，始终都由她们一手包办。因男人仅是在模仿学舌，并且表现拙劣。以男人这样的心不在焉、轻忽草率、心怀忌妒地学习，忌妒同样是一种轻忽的表现，令她们很是苦恼。即便如此，她们还是坚持不懈，日以继夜，她们的爱情与悲苦逐渐扩大。在无尽的窘困压迫下，伟大的爱者自她们身上诞生，在声声呼唤他时，她们克服了对这名男子的依赖；如果他一去不返，她们将超越他成长，如同加斯帕拉·斯坦帕或者那位葡萄牙修女，她们一刻也不放松，直至折磨她们的痛苦转变为酸涩冰冷的甜美，再也无法留得住。我们之所以知晓这两名女子的存在，是因为奇迹般被保存下来的信件，或收录满纸控诉抑或幽幽诉怨的诗歌之书籍，或是在画廊里以泪水盈眶的眼睛看穿我们的画像，画家之所以能够栩栩如生地画出这般的哭泣，多亏其不知情所赐。但如她们这样的女子应当多得难以计数；其中有些把她们的书信焚毁了，另一些则是心力交瘁得再也无法提笔写信。白发苍苍的老妪们，外表铁石心肠，内心却藏着一粒珍贵的果仁。无拘无束、坚强的女子，因精疲力竭而变得刚毅，仿效她们男人的行为举止，内心却天差地别，那儿是她们的爱情运作的所在，暗地里。产妇们，那些本来从不愿生养子女的，并且如果最终丧命于分娩第八胎时，那么她们就会再又具有怀春少女的丰姿与轻盈。以及那些留在胡闹惹事的与酗酒的男人身边的女人，只因找到遁入内在的法子，这比逃至世上任何一角落更能远离她们的男人；而当她们来到人群当中，就再也无法抑制得住自己，闪耀着光辉，仿佛接触的人始终都是至福者一般。谁能说得清有多少这样的女人，以及有哪些呢。情况就好像是，她们预先销毁了可借以了解她们的只字片语。

但现在,因很多事情都不一样了,不是该轮到我们改变了吗?我们难道就不能尝试稍微有所成长吗,慢慢地将对爱情的工作中属于我们的部分承担起来,逐步地?先前人们让我们免去了这方面一切的辛劳,爱情在我们这方因此落到跟别的消遣一样的地位,就像是一小段真品蕾丝花边有时不知怎地掉进小孩的玩具箱里,从最初发现的喜悦到不再欣喜到最后弃于损坏的与支解的玩具堆中,而且还是当中模样最凄惨的。我们因随便的享受而败德放浪,就像所有的业余爱好者,徒具纯熟老练的虚名。但,倘若我们鄙弃我们的成功,情况又将会是如何呢,如果我们从头开始学习爱情的工作,这个始终由他人替我们完成的工作,又将会如何呢?如果我们认真看待,并虚心受教成为初学者,又将会是如何呢,此刻,因许多事情都已改变了。

我现在也能体会,当妈妈逐一展开小蕾丝花边卷时的心情。她为此还特别抽出英格褒写字柜的一个抽屉使用。
"我们来一起欣赏花边吧,马尔特",她兴高采烈地跟我说,仿佛摆在涂着黄漆的小抽屉里的花边是刚刚获得的礼物。还会因为满心期待而激动得无法顺利剥开包裹的薄纸。每次都得由我来做这件事。然而,当蕾丝花边从包装纸显露出来的时候,我自己也很兴奋。它们全卷在一根木轴上,数量多得几乎把整根木轴全都掩盖了。我们慢慢拉开一卷又一卷的花边,细看上面的花样变化,每次到底了,都会小小地受到惊吓。图案突然就这么没了。

这时意大利工坊出品的花边始才登场,坚韧耐用,由丝线编织而成的花边,同样的图案不断重复出现,清楚分明,就像是农家花园。突然间,我们的目光被威尼斯的针织花边上了一道道的栏杆,仿佛置身修道院或监狱。但视线又豁然开朗起来,辽阔的花园映入眼帘,一座比一座建造得巧夺天工,直到枝叶繁密又温热地贴在眼前,像是进入温室:不知名的壮观的植物舒展巨大的叶面,枝蔓仿若晕眩了般彼此缠绕,硕大的阿朗松绣花盛开,花粉四散,将周遭的一切皆蒙上一层细细的粉末。突然间,我们疲惫不堪又头晕目眩地踉跄走出温室,踏上瓦朗谢讷的漫漫长路,正值冬季,霜降的清晨。钻过班什白雪覆盖的灌木丛,来到尚无人迹的广场;树枝不寻常地低垂,底下可能有墓冢,我们却都讳言不语。寒气袭上身躯,益发刺骨,最后当小巧细致的手织蕾丝花边出现在我们眼前时,妈妈说道,"哦,现在冰花沾上我们的睫毛了",确实如此,因我们体内发热得很。

临到要将花边再卷回原状时，我俩都为之叹了口气，这是一项耗时的工作，但我们又不愿交给其他人代劳。

"想想看，要是得由我们自己来编织这些花边啊。"妈妈这么说道，看起来被这个念头吓得不轻。我则根本无法想象自己办得到。脑海中反倒赫然浮现一群无人打扰的、不断编织的小动物们。不，编织这些花边的，当然是女人们。

"编出这些花边的人死后一定都上天国了吧。"我很钦佩地这么表示。记得当时还想起，已许久没问到天国的事了。妈妈呼出一口气，花边已全部归回原位。

过了一会，我都已忘了刚才说的话的时候，她才缓缓地说道："天国？我相信她们现在肯定长眠在花边里面。如果人们能这样看待它的话：这样也会是一种永恒的至福。人们对此知道得太少了。"

每当有访客来我们家，常常就会提起舒林一家如今过得很节约。他们家那栋古老的大宫殿几年前惨遭祝融，焚毁殆尽，现今居住在两翼的窄小厢房，撙节度日。然而，好客是他们的天性。他们无法舍弃招待宾客的习惯。如果有人不期而至，极可能就是舒林家的访客，途中顺道过来看我们；耽搁期间，这人如果突然望向时钟，必定会大惊失色，匆匆告辞，住在路斯塔格的舒林肯定已经在等候他了。

妈妈那个时候其实已经足不出户了，但这种事情是舒林家无法理解的；除了再过去一趟，别无他法。那时是十二月，下了几场早雪之后；雪橇预定在三点钟备妥，我也该一同前往。我们家外出从来都不会准时出发。妈妈不喜欢被人通报马车已经在等，往往很早就下来，但如果没见到其他人，总会又想起什么早该做却没做的事，再返回楼上去寻东西或者收拾，以至于几乎又看不见人影。最后反倒变成大家在等她。等她好不容易上了雪橇，绑妥行李，这时又会发现短少了什么东西，得由西维尔森去取来；因只有西维尔森知道东西放在哪里。但西维尔森人还没回来，我们却突然就这么出发了。

这一天天色昏暗。树木伫立在浓雾中，仿佛茫然不知所措，驶进这样的大雾，有些执意而为。其间，白雪又开始静静飘下，似乎要将大地最后的痕迹也尽皆抹去，我们仿佛驶上一张白纸。只闻铃铛作响，却说不清究竟身在何处。有时铃声也会静止片刻，好似最后的铃铛也分发完毕；但，铃声却重又汇合，聚拢，大把大把地撒去。左边依稀可见到教堂钟塔若隐若现的线条。这时却突然浮现公园树木的轮廓线，高大巍峨，几乎像是铺天盖地而来，我们正驶在长长的林荫大道上。铃声这时不再整串整串落下；而是宛若整串葡萄般地悬挂在左右两侧的树上。然后，雪橇转了个弯，绕着某物行驶，经过右边的某物，在正中央停住。

乔治完全忘记房屋已经不在了，对我们大家而言，此刻它也的确还在。我们踏上通往古老阳台的露天台阶，心中只诧异为何周遭如此黑暗。突然一扇门在我们身后左下方开启，有人呼喊："这里！"同时举起一盏光线黯淡的灯，左右摇晃。父亲笑道，"我们就像幽灵在这儿游荡呢"，并协助我们步下台阶。

"但刚刚真有栋屋子在啊"，妈妈说道，一时还无法适应跑出来迎接我们的维拉·舒林的热情与笑声。但现在自然只得马上进去，没法再多想那栋房子。我们在狭窄的前厅脱下外套，立刻就被包裹在灯火与温暖中。

舒林一家是由独立自主的女性所组成的强大家族。我不清楚是否也有男性子嗣。只记得三姐妹；最年长的那位嫁给那不勒斯的一位伯爵，经过长期诉讼终于获准离异。接下来是卓伊，据说她无所不知，无所不晓。让人特别印象深刻的，则是维拉，热情的维拉；不晓得她后来怎么样了。伯爵夫人的娘家姓拿林修金，就某方面而言，她更像是家中幺女，排行老四。什么都不懂，常常得仰赖女儿们的提示。而善良的舒林伯爵则宛若她们全体的丈夫，周旋其间，在恰当的时机吻吻她们的脸颊。

他朗声笑着伸出手，诚挚地问候我们。我马上就被女人们接过去招呼抚摸探问。但我已打算待这整套仪式结束后，就想法子溜出去寻那栋房子。我确信它今天是在的。溜出去并非难事；置身在所有这些大蓬裙之间，我可以像小狗一样钻出去，通往前厅的门也只是虚掩而已。但最外面的一道门却怎么样都打不开。它被上了好几道锁、链条与门闩，匆忙间，我也无法正确逐一开启。不过，门还是突然开了，伴随着一声很大的声响，我人还来不及跑出去，就已经被抓回。

"止步，这里偷偷溜走可不行呀。"维拉·舒林开玩笑地说道。她向我弯下腰，而我却已打定主意，不跟这个亲切的人儿透露半点口风。她见我一声不吭，就不假思索地以为我是因为尿急才去开门；她抓起我的手就迈步走，带着亲昵与高傲各半的表情，想把我领往某处去。这个贴心的误会令我深感受辱。我挣脱开她的手，生气地瞪着她。"我想要看那栋房子"，我高傲地说道。她不明白我的话。

"外面台阶上去的大房子。"

"傻瓜，"她呵斥并赶忙抓住我，"那边根本没有房子了啊。"我仍坚持己见。

"我们白天再过去吧,"她让步地提议道,"现在不能到那边去。有很多坑洞,后面还有爸爸钓鱼的池子,池面没完全冰封。你会掉下去,变成一只鱼的。"

她边说边把我推进灯火通明的房间内。所有人都已坐定闲聊,我环顾众人,凝视一张又一张的脸,轻视地在心中暗想:这些人当然只会在房子不在的时候过去;如果是妈妈和我住在这里,房子就会永远都在。大伙谈兴正浓,唯独妈妈看来魂不守舍。她一定是在想那栋房子。

卓伊过来跟我一起坐,向我百般询问。五官端正的脸庞不时闪现心领神会的光芒,像是不停有所领悟。我父亲的身子向右微倾,倾听意大利伯爵夫人说话,她正笑着。舒林伯爵则站在妈妈与他的夫人之间,高谈阔论。但,我看到伯爵夫人突然打断他的话。

"不,那只是你的幻想。"伯爵好脾气地说道,然而,他那从两位女士头上向前伸出的脸庞,也立即显露出同样不安的神情来。伯爵夫人并没抛开所谓她的幻想。看起来全身紧绷,一副不愿被人打扰的模样。戴着多只戒指的白嫩双手轻微左右摇动,示意拒绝,有人发出一声"嘘",骤然一片沉寂。

众人背后堆叠着从老房子搬来的大型物件,予人局促的压迫感。厚实的祖传银器明光锃亮，向前隆起，宛若放大镜下的影像。我父亲诧异地环顾四周。

"妈妈一闻到什么气味，"站在他背后的维拉·舒林解释道，"我们就都得保持安静，她是用耳朵来闻的。"说话的同时，她自己也眉毛挑高，全神贯注地用鼻子嗅闻。

自从遭到祝融之灾后，舒林家在这方面显得有点过度谨慎。在这间炉火烧得过旺的狭小房间里，只要有一丝不寻常的气味出现，就会引发他们穷根究底地追索来源，每个人都会提出他的看法。卓伊走去察看暖炉，实事求是，一丝不苟，伯爵四处走动，在每个角落都驻足片刻；然后说："不是这里。"伯爵夫人也站起来，却不知往何处寻去。我父亲缓缓地转过身去，似乎觉得气味是从背后飘来的。意大利伯爵夫人则立即断定是不好闻的气味，掏出手帕捂鼻，且轮流凝视每一张脸，以得知气味是否散去。"这里，这里"，维拉时不时这么呼喊道，认为自己已找到根源。吐出的每个字音皆环绕着异样的寂静。我呢，也一样努力嗅闻。但，忽然间（可能是因为房间太热，或多盏迫近的灯光使然），对鬼的恐惧生平第一次袭上我的心头。体认到所有这些明显比我大很多的成年人，刚刚还在谈笑风生，现在却弯腰四处走动，探索某个看不见的东西；承认这里有某个他们看不见的东西存在。而且令人悚然的，它比他们所有人都强大。

我的恐惧益发强烈。感到他们正在寻觅的东西，会像起疹子般地从我体内赫然冒现；他们就会察觉到，并用手指我。我百般绝望地朝妈妈望去。她坐得异样地挺直，我意识到她在等我。才刚走至她身边，我就察觉她体内在瑟瑟发抖，因而明白，房子这时才正要再度消失。

"马尔特，胆小鬼。"某处有人笑着这么说。是维拉的声音。但我们依然相互拥抱，一同忍受正在发生的事情；我们就这么保持不动，妈妈和我，直至房子完全消失。

然而，最充斥着几乎让人无法理解的经验的，莫过于生日这天。虽已明了，日子要过得舒心，即是不要做区别；然而，在这一天有权带着欣喜的期待起床，会有愉悦之事发生，是毋庸置疑的。这种权利感或许甚早即在一个人的心中萌芽，在那个伸手抓取每件东西并总也能得到每件东西的时期，他手中这么握着各式各样的东西，再加上坚信不疑的想象力的催化，使得刚学会支配的渴望上升至原色般的强度。

然后，迎来的却是那样古怪的生日，自己的权利意识已扎根，却看到他人变得不牢靠起来。想让人给自己穿上平日的衣着，迎接接下来的一切。但，在这一天，才刚醒来，就听到外面有人在喊蛋糕还没好；或是传来东西打破的声响，此刻隔壁房间摆放礼物的桌子正在收拾中；或有人进去隔壁房间，却让门敞开着，以至于让我一览无遗所有还不该看见的东西。这一刻堪比身上正在进行外科手术的过程。刀切肌肤之际引发的短暂但痛彻心扉的疼痛。不过，持手术刀的手熟练又沉稳。马上就会结束。才刚克服撕裂真相的痛楚，心思就已不在自己身上；该做的是拯救生日，留心身边人的举动，在出差错前预先提醒他们，巩固他们误以为一切都处理得当的印象。他们还真是让人无法放心啊。事实证明，他们表现得前所未有的笨拙，近乎愚蠢。误拿他人的包裹这样的迷糊事也会发生；频频奔走于他们之间，以至于后来也不得不佯装自己之所以在房间里团团转，只为了活动筋骨，并无特定目的。他们想制造惊喜，摆出表面的、装模作样的期待表情，掀开层层叠套的玩具盒里最后一个盒盖，结果盒内却只有木屑，再无其他；这时就得替他们化解尴尬了。或者礼物如果是机械玩具，首次上发条却上过头了。因此若能及时练习如何悄悄地用脚将发条上过头的老鼠，或其他类似的玩具往前推动，会是个好主意：用这个法子往往可以轻易蒙骗他们，消弭他们的羞惭。

  这一切最终都能应付得当，无需具备特别才赋。天赋只有在真正花费心思的情况上，才会见真章，认真看待且好意贴心地给人带来喜悦，而不是远远一看即知是在讨别人的欢心，全然陌生的喜好；甚至不知到底是合谁意的：如此的陌生。

说故事，真正擅长说故事，应该是在我这代之前的人还行。我从未亲耳聆听过谁能把故事讲得引人入胜。阿伯珑妮跟我讲述妈妈的少女时代的时候，暴露出她不擅长说故事。据说老布莱伯爵还具备这方面的才能。我想记录下她的见闻。

在阿伯珑妮还是青涩少女的时期，有一段时间极其多愁善感，以其独特的方式。布莱一家当时住在城里，布莱德街上，宾客出入频繁。每当夜里她返回楼上房间时，总以为自己跟其他人一样的疲惫。但当她突然感到窗子时，如果我理解得正确，就会凭窗伫立于黑夜前，长达数个钟头之久，心中想着：这与我相干。"我立着如同囚徒，"她说道，"而星星则是自由。"她当时很轻易就能入睡。沉入睡梦中，这种说法并不适用于少女阶段。那时期的睡眠就像与人一同攀爬，时不时睁开眼睛，发觉自己躺在新的一层，但远还不是最高的一层。然后，天未破晓，即已下床；连冬季也不例外，其他人则很迟才起床，睡眼惺忪地来用过晚的早餐。傍晚，天色暗下来时，总只点上供全家照明之用的灯。不过，身边这两根蜡烛倒早早在黎明前，一切又随之开始的黑暗中点燃，是给自己专用的。蜡烛插在低矮的双枝烛台上，透过绘有玫瑰花样的椭圆形小灯罩散发静谧的光芒，时不时还得将灯罩往下挪。这并没什么妨碍；因无需急着写，况且在写信或写日记时，偶尔也需抬头思考，这本日记开始写时，字迹怯怯纤丽，与现在的很是不同。

布莱伯爵过着一种与女儿们隔绝的生活。他认为，若有人声称与别人共同生活，仅不过是出自幻想。（"哼，共同——"，他会这么说。）但，别人跟他提起他女儿的时候，也不会引起他的不快；他留神细听，仿佛她们是居住在另一座城市。

因此，某天他用完早餐后的举动，实属非比寻常，他朝阿伯珑妮招手，把她唤至身边说道："看来我们有相同的习惯，我也是一早起来写作。你可以协助我。"阿伯珑妮一字一句都还记得清清楚楚，仿佛是昨天才发生的事。

隔天一早，她就被引进她父亲那间素有严禁入内的称号之书房。来不及环顾四周，她就被安排面对着伯爵在书桌前坐下，宽大的书桌在她眼中犹似原野，书本与手稿堆则是散布其中的村庄。

伯爵开始口述。那些宣称伯爵正在撰写回忆录的人，并没完全说错。只不过它并不涉及一般人热切盼望得知的政治与军事内容。"那些我全忘了"，当有人向他问起这方面的往事时，老绅士这么简短地回答道。他不愿忘记的，反倒是童年。这才是他放在心上的。在他看来，那段遥远以前的时光现今在他身上重新占据上风，很是恰当，当他将目光朝内转时，就会发现它躺卧在那里，宛若在北国的明净夏夜下，清晰且不眠。

他有时会从椅子上一跃而起，对着蜡烛滔滔不绝地讲述，烛焰因此摇曳不定。或是有些句子必须全部删去，这时他就会激动地来回踱步，尼罗河绿的丝质睡袍下摆随风拂动。在此期间，还有另一个人也在场，伯爵的一位老仆，来自日德兰的史登，其任务是当外祖父从椅子上跳起时，迅速用两只手压住桌上四散的记满笔记的纸张。伯爵殿下认为现今的纸张毫不管用，太过单薄，稍有点微风就会飘走。而史登，只看得到其修长的上半身，认同伯爵这个观点，他仿佛蹲踞在两只手上，畏光严肃，犹似一只夜鸟。

这位史登把每个星期天下午的时光都消磨在研读斯威登堡的书上，在此期间不允许其他的仆人进入他的房间，据说他要召唤精灵。史登家族历来都有与精灵打交道的传统，史登更是命定的通灵者。在他诞生的那一夜，精灵向他的母亲显灵。他有一双又圆又大的眼睛，被他注视的人总会隐隐感到这道目光的另一端绕至背后凝视着自己。阿伯珑妮的父亲常常跟他问起精灵，口气就像一般人在探问对方的亲属。"他们来了吗，史登？"他和善地问道。"如果已来了的话，那好。"

口述的工作进行了几天。接下来，却发生阿伯珑妮不会拼"Eckernförde"这个字的状况。这是一个专有名词，她还未听过。伯爵面露不耐烦，他早就想找个借口停止笔记的工作，笔记的速度太缓慢，跟不上他的回忆。

"她不会写这个字，"他尖酸刻薄地说道，"其他人大概念都不会念了。他们究竟能不能在眼前浮现出我所口述的内容？"他忿忿不悦地继续说道，眼睛瞪着阿伯珑妮。

"他们会看见他吗，这位圣日尔曼？"他对她吼道，"我是说圣日尔曼吗？删掉。改写：贝尔玛侯爵。"

阿伯珑妮删去另写。伯爵却仍继续以飞快的速度口述，根本无法跟得上。

"他讨厌小孩，这位杰出的贝尔玛，却会把我抱在膝上，我那个时候还很小，突然兴起用牙齿去咬他的钻石纽扣的念头。这个举动把他逗乐了。他欣然大笑，伸手抬起我的下巴，直至我俩四目相对。'你的牙齿很坚固，'他说道,'是干大事的牙齿……'——而我注意到的,却是他的眼睛。我后来到过很多地方。见过各形各色的眼睛,但相信我:这样的眼睛,我不曾再见过。对于这样的双眼,无需任何实物在前,其内即拥有一切。你听过威尼斯吗?好。我告诉你,那双眼睛能像挪动桌子般地将威尼斯移进这间房间。有一次我坐在角落聆听他如何跟我父亲描述波斯,有时甚至觉得能从指尖嗅闻到当地的气味。我父亲敬重他,侯爵殿下则像是他的学生。当然有很多人对他只相信留存在他内心的过往,感到不满。他们无法理解,琐碎的事物唯有在与生俱来的情况下,才有意义。"

"书是空洞的,"伯爵比了一个愤怒的手势,指着四周的墙壁喊道,"热血才是关键,必须能够从书里读出血来。他的内心载满奇异的故事与珍奇的插画,这位贝尔玛;他可以随意打开心中的一页,上面总有文字记载;他血液内无一页被跳过,没留下任何字迹。时不时,他会把自己关在房间里,独自翻阅心页,然后就翻到关于炼金术、矿石与色彩学的记载。为什么不呢?他内心的某处肯定记录着这类知识。"

"他可以接受真相只有一个,这个人,当他独自一人时。但单独面对,并非易事。他也不是这么没品味到会邀请人来参观他的真相;这个不该成为街谈巷议的话题:在这方面，他挺有东方作风的。'再见，夫人，'他开诚布公地对真相说道，'下次再会吧。也许几千年后的人们神经会比较强韧，比较不会大惊小怪些。您的美貌尚在塑造中，夫人。'他这么说道，这不只是出于礼貌的恭维。言毕，他就离开了，在郊外为群众盖起他的动物园，一种为更大范畴的、我们这里人所不曾见过的谎言而建造的驯化园，与一间棕榈温室，里面种植着张牙舞爪的热带植物，还有一座小巧精致的无花果园，栽培虚假的秘密。访客从四面八方涌来，他足蹬钻石扣环系带鞋，周旋其中，全心全意地招呼宾客。"

"一个浮夸的人生，是吧？基本上，这个反倒是一种向他的贵妇展现的骑士风度，他还保有此种美德。"

老人已经有一段时间没向着阿伯珑妮说话，浑然忘却她的存在。他发疯也似的来回踱步，向史登投以挑衅的目光，仿佛史登应该在当下变成他脑海中的人。史登却还没变身。

"人们非得看见他不可，"伯爵顽固地继续说道，"曾有一段时间，并不难见到他的身影，虽然在一些城市，寄给他的信，信封上并没署收件者的姓名：只写了地点，就没别的。但我看见他了。"

"他并不俊美。"伯爵别具个人风格地匆匆一笑，"也

138　《手记》节44

没拥有一般人所谓的显要或高贵的地位：他身旁总有比他更高贵的人。他很富有，但这点在他身上仅像是附带优势，不值得特别强调。他体格魁梧，虽然有些人自认凌驾于其上。我当时自然还无法判断他是否才智过人，以及是否还有其他优点——：但他存在。"

伯爵，浑身震颤，站定并做了一个像是把某件东西放进这间书房的动作，它留驻了。

就在此刻，他才又留意到阿伯珑妮。

"你看见他了吗？"他厉声叱责道。突然抓起一座银烛台，向她的脸庞照去，烛光刺眼令她眼前一片白茫茫。

阿伯珑妮记得，她看见他了。

接下来的几天，阿伯珑妮固定被传唤去父亲书房，经过此次波折之后，口述工作进行得平顺许多。伯爵将最早撰写的关于伯恩斯托夫圈子的回忆收集齐全，其父曾在这个圈子扮演过重要角色。阿伯珑妮此时已十分适应这项工作的特殊性质，目睹他俩一起工作的人，很容易将他们成效丰硕的合作视作真正的亲密无间。

一天，阿伯珑妮正要退出书房之际，老绅士走向她，神情就像是藏在身后的双手握着一个要给她惊喜的礼物："我们明天要写朱丽·雷文特洛的故事，"他这么说道，嘴巴咂吧似在回味自己刚讲的话，"这一位是圣女。"

阿伯珑妮注视他的目光也许带有怀疑。

"没错，没错，这种事都还有，"他用命令的语气坚持地说道，"都还有，阿伯伯爵小姐[1]。"

他抓起阿伯珑妮的双手，把它们像是一本书一样地摊开。

"她手上有圣痕，"他说，"这里与这里。"用冰冷的手指使劲又短促地戳她的左右掌心各一下。

阿伯珑妮当时还不认识圣痕这个词汇。她心想很快就会知道；她迫不及待地想要听闻这位她父亲还亲眼见过的圣女事迹。然而，她没再被传唤，隔天早上没有，之后也不再有。——

"你们后来不是时常讲起雷文特洛伯爵夫人"，当我请她再多透露一点时，阿伯珑妮就这么简短地结束谈话了。她面露疲惫；声称泰半都忘记了。"不过，我有时仍然可以感觉到那两个被戳的位置"，她微笑，情不自禁地带着近乎好奇的目光，凝视她两个空空的掌心。

45 　　父亲尚未离世前，一切就已与以往不同了。乌斯加尔德不再属于我们家族的财产。父亲是在城里一间出租公寓

---

[1] 阿伯珑妮在此被简称为 Abel，伯爵小姐 Komtesse，是用德文 K 拼写的法语词 Comtesse。——译注

过世的,这间公寓予我一种不友善与陌生之感。我当时已旅居国外,无法及时赶到。

他的遗体被安放在一间朝向庭院的房间,两列长蜡烛之间。鲜花的气味一如嘈杂的人语,令人费解。他的双眼闭上,俊秀的脸庞依稀浮现生前常保持的礼貌表情。一身猎骑兵队长的制服,出于某个理由,人们给他佩带的不是蓝绶带,而是白绶带。双手不是重叠,而是相互交叉,置于胸前,应该是死后被人特意摆弄出来的,不明其义。他们简短地告诉我,他走得很痛苦:现在则看不出一丝迹象。他的面部表情被收拾得干干净净,犹如一个已远行的陌生人的房间里的家具。我的心情就像已多次目睹他死亡:一切都如此的熟悉。

新的只有环境,以一种予人不适的方式。新的是,这间给人压迫感的房间,面朝多扇或许是别户人家的窗子。新的是,西维尔森时不时踏进房间,却无事可做。西维尔森老了许多。然后,我被请去用早餐。我已被多次通报该去用早餐。但我这天却毫无吃早餐的欲望。我没觉察到别人希望我离开的心思;最后,因我一直待着不走,西维尔森终于把她一直含在嘴里的话吐出口,医生来了。我不明何故。还有件事得做,西维尔森说道,一双哭得红肿的双眼盯着我瞧。然后,就有两位先生闯进来:他们是医生。

领头的那位将他的头猛然一低,仿佛头上有长角,作势用从眼镜上方射出的目光将我们冲撞出房间:首先是西维尔森,然后我。

他摆出大学生的客套姿态,向我们鞠躬。"猎骑兵队长还有个愿望",他说,一如其踏进房间的风格,予人莽撞之感。我努力用表情暗示,希望他能将视线对准镜片。他的同事是一位体态浑圆、皮肤嫩薄的金发男子;我发觉他很容易脸红。一阵静默。猎骑兵队长此刻竟还会有愿望,不寻常。

我不由自主地将目光又投向那张俊美光滑的脸庞。然后就明白了,他希望万无一失。这个基本上是他一向要求的。现在,该让他得到他想要的。

"你们是来做穿心手术的吧,请。"

我鞠躬并后退。两位医生同时向我回礼,随即开始讨论进行的步骤。已经有人把蜡烛挪开。年纪比较大的那位医生却又朝向我迈出了几步。在我近处停下,身体前探,省去继续走剩余的几步,恼怒地瞪视我。

"没必要,"他说,"是说,我的意思是,这样会比较好,若您……"

他如此省事又仓促的态度,给我一种粗鄙随便的印象。我又鞠躬;情势所迫,又再鞠了一躬。

"谢谢,"我简短回答道,"我不会打扰你们。"

我知道自己承受得住,也没有回避的理由。这个是必须发生的。它或许是整件事情的意义所在。而且,我也从未见过穿心手术。在我看来,不拒绝这个特殊的经历,很是恰当,况且它又是如此顺其自然与必要地发生。当时的我其实已万念俱灰;所以没有什么好担心的。

非也,非也,世上没有任何事会发生得一如意料之中,即便最微不足道的事也不例外。所有的事情皆是由众多单一与无法预见的细节构成。人的想象忽略了它们的可能性,也没察觉到有所遗漏,如人这般地行事匆匆。然而,现实却是缓慢,且笔墨难以形容地详细发生的。

譬如,谁会料到有此抗拒的出现。父亲宽阔高耸的胸膛才刚裸露,那位性急的矮个子男人即已找到穿刺部位。不过,快速挥下的手术刀却无法顺利刺入。刹那间,时间仿佛全数离开房间。我们恍若置身一幅画中。然后,却又伴随着一声微弱的滑动声响,时间崩塌而下,比消逝的还要多。忽然从某处传来敲叩的声响。我从未听闻过的:一种温和、声音沉闷、双节拍的敲叩。我的听觉将之传达给大脑,瞬间恍然大悟,医生刺到底了。然而,要等到片刻后,这两个印象才在我心中汇合。哦,哦,原来如此,我心想,现在已经刺透了。这一下敲叩,就速度而言,近乎

《手记》节45

有种幸灾乐祸的意味。

我端详这名现下已认识多时的男子。并没,他的态度全然沉着:一位有效率又专业的先生,马上又得告辞离去。做这项工作时,丝毫不带有享受或满足感。唯有左侧太阳穴边上几根头发出于某种古老的本能直竖起来。他小心翼翼地抽出手术刀,留下一道看起来像是嘴的伤口,两道血柱从中接连喷出,仿佛吐出一个双音节的词汇。金发的年轻医生迅速伸出手,动作优雅地用棉花球将血液吸干。现在伤口平息了,宛若一只合上的眼。

可想而知,我又鞠了一躬,但这次却是魂不守舍地。至少,当我抬起上身时,惊异地发现只剩下我一人。有人已帮父亲重新穿好制服,白色绶带又归回原位。但此刻猎骑兵队长真正亡故了,而且不仅只有他。心脏,我们的心脏,我们家族的心脏现已被刺透。一切俱往矣。这意味着头盔破裂:"布里格于今归于死灭",有个声音在我心中这么说。

我当时并没想到自己的心。要到后来我又想起这一幕时,首次十分肯定,它并未被列入考虑。它是一颗独立的心。并且已经做好准备,重新开始。

46　　我自知不能马上动身离开的这种想法,纯粹出自我的幻想。首先必须把所有事情都处理好，我对自己这么再三强调。至于该处理什么，却毫无头绪。因几乎无事可做。我在城里四处走动，发觉它变了。步出下榻的旅社，内心舒坦了些，眼见这座城市现已成为成年人的城市，它见我出现，就提神留意，近似对陌生人的态度。所有东西的尺寸都缩小了点，我沿着笔直的大道漫步，一直走到灯塔再折返。当我行经阿马林街一带，自然就可能招惹那些过去曾长年操控我心情之物，再度试图从其所在位置对我施加影响力。可能是一扇角窗或者门拱或是街灯，深知我的底细，借以要挟我。我直视它们，欲使它们明白我现在只是入住在"凤凰"旅馆，随时可再远行。然而，我的良心依然不安。不禁怀疑这些旧有的影响与牵扯或许从未真正化解过。我某天悄然离去，与它们之间的纠葛却没先做个了结。童年在一定程度上也可能同样尚待完成，倘若不想永远失去它的话。而就在我伤痛地意识到童年远去的同时，却也感到自己至今所做的一切，不过是依据它来行事。

我每天都在坐落于多林恩斯崔维尔街的公寓待上数个钟头，在那几间狭窄的房间，它们就如同所有曾有租户过世的出租公寓，貌似受到冒犯。我在书桌与大白瓷暖炉间来回走动，烧毁猎骑兵队长遗留下来的文件。一开始，我是直接把成捆打包的信件丢进炉火中，但因这些小包捆绑得太紧，只有边缘烧焦。我只好费劲一一解开。绝大多数的信函皆散发出熏人的浓烈香气，仿佛也想唤起我的回忆。但我毫无。还会有相片滑落出来，它们的重量比信纸来得沉；燃烧得也特别缓慢。不知何故，我突然幻想其中可能也会出现英格褒的肖像。但只要定睛一瞧，所见到的都是成熟艳丽的妇人，勾起我别的思绪。这表示我并非完全没有回忆。正是这样的眼睛，是还在发育阶段的我与父亲相偕在街上漫步时会撞见的眼睛。从马车车厢内，以一种让人难以挣脱的目光上下打量我。我现在才明了，她们当时是在拿我跟父亲比较，而占优势的不会是我。肯定不会，猎骑兵队长不怕与任何人较量。

可能我此刻也大约能体会他的心中恐惧。且让我详述是怎么推断出来的。他的皮夹最里层夹着一张纸，折叠的时间已有些久了，纸质变得脆薄，折痕处也出现断裂。在烧毁这张纸前，我读了上面的内容。是父亲在其握笔最稳健的时期所写下的，字迹遒劲工整，但我也立即察觉，这只是一份文摘抄录。

"在他死前的三个钟头"，文摘开头这么写道，指的是克里斯蒂安四世。我现在自然无法一字不漏地将内容复述一遍。在他死前的三个钟头，国王迫不及待地想要起身站立。在御医与侍从沃尔密斯左右搀扶下，他支起颤巍巍的两只腿。虽然还有点不稳,但他确实双脚着地站起来了,他们给他披上拖地长睡袍。然后,国王突然落座在床尾边上,开口讲了一些话。没人听得懂。其间,御医一直支撑着国王的左手,防止他再倒回床上。他们就这样并肩坐在床上,国王时不时吃力地张口说话,但吐出的字音却混浊不清,难以理解。最后医生开始跟他讲话;希望能从中逐渐推敲出国王的意思。一段时间后,国王打断他的话,忽然很清晰地说道:"噢,医生,医生,他叫什么名字?"医生绞尽脑汁,才想起该怎么回答。

"舒贝林,殿下。"

但回答什么其实并不重要。国王一听到旁人听得懂他的话,就睁大仅存的右眼,整张脸扭曲地说出那个字,那几个钟头以来他的舌头一直试图发出的字,那幸存的唯一一个字:"Döden,"他说,"Döden。"[1]

这就是纸上所写的全部内容。在把它投入炉火之前,我又反复读了几遍。我想起父亲临终前受了很多折磨。他们是这么告诉我的。

从那时起,我就开始对死亡的恐惧多所思考,同时还

---

[1] 死,死。

参照我自己的经历。我认为可以这么说,我感觉到它。就在热闹的市区,熙熙攘攘的人群中,恐惧突然侵袭我,时常是无缘无故地。但也经常是逐渐酝酿出来的,譬如,当一位坐在路边长椅上的人暴毙时,所有人都聚在他身边围观,而他本人则已超脱恐惧:于是他的恐惧就转移至我身上。又或,在那不勒斯的那一次:在电车上撞见对座的少女在我眼前死亡的事件。一开始看起来像是她昏厥过去了,电车甚至还继续行驶了一段路。但后来毫无疑问的,电车必须停驶。我们后面的车辆也全都停下来,马路开始堵塞,仿佛这个方向永远无法再前进。这位苍白的胖女孩本可就这么倚靠邻座女士静静地死去。但她的母亲不同意。给她制造各种麻烦。把她的衣衫弄得凌乱不整,朝她嘴里灌入不明液体,这张嘴却再也含不住任何东西。给她的额头涂抹旁人递来的提神油,而当她的眼睛稍微转动时,她的母亲就开始用力摇晃她,想让她的瞳孔再对准前方。对着这双听不见的眼睛吼叫,将她整副身躯来回推扯,像是在摆弄一个布偶,最后挥起手来,使尽朝这张胖脸打下去,阻止它死去。那时,我恐惧。

不过,在更早以前,我就已恐惧。譬如,在我的狗临死之际。也是它,让我就此无法摆脱亏欠感。它已病入膏肓。我跪坐在它旁边有一整天了,这时它突然吠叫起来,断断续续且短促，就像以往有陌生人闯进房间时，它会有的反应。一有此等状况出现，即如此吠叫，是我们之间的默契，我不禁望向房门。但它已经进入到它体内。我不安地搜寻它的目光，它也在搜寻我的；却不是为了告别。它目光严厉又夹杂着惊讶注视着我。指责我竟然让它进来。它确信我能阻止它。现在证明，它一直都高估我了。已没时间跟它解释清楚。它带着既诧异又寂寞的眼神凝视着我，直至生命终了。

或者，我也恐惧，在秋季最初霜降过后的夜晚目睹苍蝇纷纷飞进小室在室温中复苏的场景。它们潮湿冻僵的身子再度干燥的过程颇为古怪，还会被自己鼓翅的嗡鸣所惊吓；可见它们不再清楚自己的行为。长达数个钟头都纹丝不动，似在休养生息，直到想起自己还活着；就开始无所适从地盲目乱飞，不久听到从四面八方都传来它们落地的撞击声。最后，遍地爬行的苍蝇在整间房间缓慢死去。

但甚至在独自一人的时刻，我也会心生恐惧。我为何要否认有那样的夜晚存在，我会因恐惧死亡而赶忙坐起，紧紧攀着能坐着即表示还活着此一念头上，如一根救命的稻草：因死人无法坐起。这样的情况总发生在我偶然入住的陌生房间，当我不舒服时，它立即弃我于不顾，就像生怕被审问以及被牵连进我的麻烦似的。我坐在床上，脸色也许看来十分吓人，以至于无一物愿意鼓起勇气，挺身维护我。就连我刚才亲手点燃的蜡烛也不理睬我。兀自燃烧，就像在一间空房。我最后的希望所系，始终是窗：想象窗外可能还有某个属于我之物，即便在当下，在这个临死之际突然落入的一贫如洗中。但我的视线才刚朝那儿投去，我就希望窗子被木条封死，紧闭，如墙。因我已清楚，冷漠也延伸至窗外，外面也同样除了我的孤独之外，别无他物。我给自己背负的孤独，远超出我的心所能承受的程度。我想起一些之前告别的人，不明白怎能狠心抛下他们啊。

神啊，神啊，如果我又得面对这样的夜晚，请至少留一个思想给我，让我的思绪可以暂时攀附其上。我的要求并非毫无道理；因我清楚这样的夜晚正是生成于恐惧，因我的恐惧是如此巨大。之前他们会因我是个男孩子而打我耳光，说我胆小。那是因为我恐惧的方式还很拙劣。不过，自从那个时候起，我就向真正的恐惧学习如何恐惧，真正的恐惧只有在引发它的力量增强时，才会增强。我们无法想象这股力量，唯有在自身的恐惧之内。因它是如此完全无法理解，如此彻底对抗我们，以至于在我们费力思索之际，大脑会为之迸裂。然而，已有一段时日，我认为它其实是我们的力量，一切全是我们自己的力量，只是对于我们而言，还太过强大。没错，我们认不出它来，但我们不正是对最切身相关的事，最一无所知吗？有时我会思考天国是怎么形成的，以及死亡：是透过我们把自己最珍视的事物，从身边挪开，因还有那么多其他的事情得先做，因它在我们这些汲汲营营者的身边并不安全。如今时机已过，我们已习惯只与琐事为伍。我们不再认得自己的所有物，并因它的巨大而震惊。难道不是这样吗？

顺带一提，我现已很能理解，为何有人会将叙述临终时刻的文字藏进皮夹深处，带在身上度过这么多的岁月。甚至无需去找一则特殊的；它们全都具有近乎罕见的特质。譬如说，难道无法想象，有人抄录讲述费利克斯·阿韦尔临终时刻的文字吗？地点是在医院。他死前一直保持着平和淡然的态度，修女可能以为时刻已到，他业已离世。她朝门外高声呼喊，下达指令，要人去取放置于某处的某个东西来。这是一位未受过多少教育的修女；从未在书面上看过"Korridor"（德：走廊）这一刻无法避免说出的字；因此讲成"Kollidor"，她误以为的拼法。于是阿威尔就将断气的时刻往后延迟。他觉得有必要先解释清楚。他醒转过来，纠正修女这个字的正确拼法为"Korridor"。他才咽气。他是一位诗人，憎恶不精确；或，也许在他眼中，此事关乎真理；又或，他不愿带着这种最后印象，世界将继续如此马马虎虎地运转下去，与世长辞。已无从判断到底基于何种理由。只是千万不要认为此举学究气。要不然，就无异于对圣约翰做出同样的指摘了。垂死之际，这位圣者从床上骤然一跃而起，奔至外面院子，及时切断自缢者脖子上的绳子。只因有人上吊的消息奇迹般地穿透临死挣扎时刻的封闭、紧绷的神智状态而让圣者获悉。对他而言，此举也仅关乎于真。

49   有一种生物全然无害，即便落入你眼帘，你也几乎不会注意，顷刻又将之忘却。然而，一旦经由某途径悄悄进入你耳中，即会在里面作茧，孵化。甚至还见过一直渗透进大脑，在此器官内大肆繁衍的案例，类似于从犬鼻钻入犬体的肺炎球菌。

这个生物即是邻居。

自从我独自一人四处漂泊以来，至今已有过多得数不清的邻居；楼上的与楼下的，右边的与左边的，有时四个方位全有。我大可撰写我邻居们的故事；这将会是我的毕生之作。当然更会是一部病征史，记录他们在我身上引发的各种病征；但他们就跟所有那些其存在仅能透过特定的身体组织出现的功能障碍获得证实的生物一样。

我有过难以捉摸的邻居，也有过一板一眼的。我曾在房间静坐，尝试找出前者的规律；因显然即便是这类型的人，也仍然依循着某种规律。而倘若作息一向准时的邻居有天夜里逾时未归，我就会开始胡思乱想，猜测他们可能发生了意外，让蜡烛彻夜点燃，如少妇般地担惊受怕。我有过正在相互憎恨的邻居，也有过陷入热恋中的；或经历过在半夜从一种转换成另一种的，这时自然别想入眠了。由此看来，睡眠根本不像一般人所想的习以为常。譬如，我的两位圣彼得堡的邻居就不是很看重睡眠。一位整夜伫立拉小提琴，我确信，他必定也一边眺望着那些守夜的、在美得如梦似幻的八月夜空下灯火通明的屋子。另一位邻居，我的右边，我虽知他人躺卧着；在我与他为邻的时期，他根本就已不再下床，足不落地了。甚至把双眼也合上；但却不能说他在睡觉。他躺着吟诵长诗，普希金与涅克拉索夫的诗歌，用小孩被要求朗诵诗歌的那种腔调。即便有悠扬的乐音从我的左邻传来，但却是这位右邻与其诗歌在我脑内作茧，天晓得，如果偶尔会来拜访他的大学生那天没误闯我房间的话，最后会从里面孵化出什么东西来。他跟我透露他这位熟识的故事，原来是让人心安的。无论如何，是个有头有尾、一清二楚的故事，扑灭了从我的胡思乱想冒出的大量虫子。

《手记》节49

这位担任小官员的邻居在某个星期天忽然冒出一个古怪的念头。他预计自己的阳寿还很长,就说尚有五十年吧。这份对自己施展的慷慨,令他情绪高昂。然而,他还想再自我突破,更上一层楼。他考虑把年再换算成日、小时、分钟,没错,如果耐得住性子的话,甚至秒钟,于是他算了又算,结果出来了一个他从未见过的庞大数目。令他头晕目眩。他得稍事休息。时间宝贵,他总听人这么说,因此很惊异,竟没派人看守身怀如此时间巨额的人。从他身上窃取这份财富,该会多么容易。但他立即又恢复好心情,近乎兴高采烈地,穿上皮裘,以便让自己看来身材魁梧些,用略带倨傲的口吻向自己宣告,要将这整笔惊人资产赠予自己:

"尼古拉·库兹米奇,"他和颜悦色地说道,想象还有另一个自己,没穿皮裘,瘦弱且困顿,坐在马毛沙发上,"我希望,尼古拉·库兹米奇,"他说,"您不会因为您的财富而妄自尊大。谨记财富并不是最重要的事,有些穷人一样值得让人尊敬;在穿梭大街小巷,兜售东西的小贩当中,有些人甚至是家道中落的贵族与将军之女呢。"这位慈善家又列举了一连串全城皆知的例子。

另一位尼古拉·库兹米奇,坐在马毛沙发上,受赠予者,看起来尚未显露傲慢神态,姑且假定他会继续保持头

154　　　　　　　　　　　　　　　　　　　《手记》节49

脑清醒。实际上，他的确没改变既有的简单、规律的生活，每到星期天就把时间花在计算收支上。但，才过了没几个星期，他就发现支出的数目大得不可思议。我得省着用，他在心里想。于是他比以往起床起得更早，盥洗得也不那么仔细，站着喝茶，跑步去上班，结果太早就抵达办公室。他到处都节省一点时间。但在星期天结算的时候，却发现并没省下什么时间。他才意识到自己上当了。我不该换零的，他自言自语道。本来一年的时间很长。但，现在兑换成这些卑鄙的零钱，不知不觉中就花掉了。那是一个烦闷的下午，他坐在沙发上等穿皮裘的绅士出现，以便向后者要求，把他的时间归还给他的。他还打算把门闩上，如果他不交出的话，就不让他离开。"给我纸钞，"他打算这么要求，"如果由我来决定的话，就给十年纸钞的。"四张十年的与一张五年的，剩余的穿皮裘的绅士可以保留，以魔鬼之名。没错，他已准备奉送零头，以免遭遇什么刁难。他焦躁地坐在马毛沙发上等待，但这位绅士并未出现。他，尼古拉·库兹米奇，几个星期前还可轻易地在脑海中想象，看到自己坐在沙发上，而现在当他真正坐在沙发上时，却无法想象出另一个尼古拉·库兹米奇，身穿皮裘的，慷慨的赠予者，出现在眼前。天晓得他后来发生了什么事，也许别人看穿了他的诈欺勾当，现已被囚禁在某处的监狱里。肯定不只他一人遭殃。这种骗子总是同时向多人下手的。

他突然想到应该有个国家机构，一种时间银行（Zeitbank），至少可以让他兑换部分价值微薄的秒钞。毕竟它们也都是真钞啊。他从未听闻有这样的机构，但在电话簿应当可以查得到，列在字母Z下面，或者也可能称作"Bank für Zeit"；易于在字母B下查阅。或许也该将字母K列入考虑，因可以想象它是皇家（kaiserlich）机构；这与其重要性相称。

尼古拉·库兹米奇后来总是再三保证，自己在该星期天晚上滴酒未沾，虽然可以想见他当时心情低落。也就是说，当下面的事情发生时，就能描述得清楚的程度，他的神智是完全清醒的。他或许曾在角落小憩片刻，至少可能出现这样的假设。这顿小憩使他内心宽畅许多。我让自己跟数字牵扯太深了，他自言自语道。我现在完全不了解数字了。但显然不该太看重它们；毕竟数字只是国家维持秩序的设置。除了在纸上，没有人曾在什么地方遇见数字过。譬如说，绝对不会在社交场合上碰见一个七或一个二十五。就是没这回事。我就因一时的精神恍惚，而陷入这个小混淆的泥沼中：时间与金钱，仿佛它们两者难分难辨似的。尼古拉·库兹米奇差点扑哧一笑。还好，识破了这个诡计，并且及时，这是重点，及时。现在得摆脱它了。时间，没错，是个折磨人的东西。但仅只针对他个人吗，对其他人难道不也是如此吗？如他所发觉的，一秒接着一秒地流逝，虽然他们并没意识到？

尼古拉·库兹米奇不免有点幸灾乐祸：至少它——，他正这么自忖之际，却发生了一件怪事。忽然有一阵微风吹拂他的脸颊，掠过他的两只耳朵，也能在他的双手肌肤上感觉得到。他吃惊地睁大双眼。窗户是紧闭的。他就这么瞪大眼睛坐在黑暗的房间中，逐渐明白此刻他所感觉到的，是真实的时间，时间正拂过。他实实在在地识别出所有这些小秒钟，一式的温热，每个都一模一样，却匆匆，却匆匆。天晓得，它们还有什么打算。又为何正好就挑中他，这种对每种形态的风吹上身，都会觉得受到冒犯的人。现在就算静静坐着不动，风依旧会这么吹下去，一辈子之久。他预见所有可能引发的神经痛，怒不可遏。他从座椅上跳起来，但惊奇还没完。他脚下也像在动，不只一下，好几下，离奇的交错摇晃。他吓呆了：会是地球吗？肯定，是地球。它不是在自转吗？学校教过，老师在讲到这个地方时，只稍微带过，之后大家也都倾向隐瞒不谈；谈论这个，被视作不恰当。但现在，他既然已变得这么敏感了，也就能察觉到它。其他人是否也有感觉呢？或许，

《手记》节49　　　　　　　　　157

但他们不表现出来。也许他们无所谓，这些跑船水手啊。而尼古拉·库兹米奇却恰好在这点上有些神经过敏，甚至还因此避免搭乘电车。他在房间里跌跌撞撞，就像是站在甲板上，不得不尽力保持左右平衡。不幸的是，他又想起地轴倾斜这回事。不行，所有这些晃动他都无法忍受。他感到自己处境悲惨。躺下保持冷静，他曾在某处读过这句话。自此，尼古拉·库兹米奇就只躺着。

他躺着且闭上双眼。有些时候，比较没那么摇晃的日子，可以这么形容，是足堪忍受的。于是，他就想到朗诵诗歌的办法。当缓缓背诵一首诗，用一贯平板的调子念出韵脚时，一定程度上具有稳定的效果，这个不难看出，当然是指对内在而言。幸运的是，所有这些诗歌他都很熟悉。他一直都对文学特别感兴趣。他并不抱怨他的境遇，这位与尼古拉·库兹米奇相识多年的大学生，向我保证。只是随着时光的流逝，他对可以四处走动与忍受地球转动的人，如大学生，心中萌生一股夸大的钦佩之情。

我之所以会这么清楚地记得这个故事，是因为它深深地抚慰了我。可以说，我从未再有过像这位尼古拉·库兹米奇如此合意的邻居，我想他肯定也会欣赏我的。

50　　有了此次经验之后，我决定如果再遇到类似的情况，一定要立即直面真相。我发现相较于暗自揣测，真相往往既简单又让人安心。就好像我还不晓得，我们所有的认识都是后见之明，是结算，再无其他。紧接在后开启崭新的一页与截然不同的内容，并无前篇结转。以当前的例子来说，几个能够轻松确认的事实，对我又有什么助益。在我讲述此刻占据我心神之事时，自会一一道来是哪些：它们给我本来就已颇为艰难的处境（我现坦白承认）增添了更多的麻烦。

我荣幸地宣告，我这几天写了很多；我拼命地写。然而，当我出门在外的时候，就不乐意再想到回家。甚至还会绕个小路，平白浪费本来可以用来写作的半个钟头。我承认，这是我的弱点。但一旦回到我的房间，我就毫无自责的理由了。我书写，我有我的生活，旁边则有另一个生活，与我的没有任何共通之处：一位医科学生的生活，他正在准备国家考试。我则没有类似的目标在眼前，单就这点，我们之间就有根本的差异。其他的情况，我们亦是南辕北辙。这一切我都了然于心。直至那一瞬间出现，我已预感到它会出现；于是我就将我俩并无共通点此事，抛诸九霄云外。我竖耳聆听，以至于心脏的跳动也变得清晰可闻。我放下手边所有的工作，凝神倾听。然后，它出现了：我从来不会搞错。

《手记》节50

几乎每个人都听过铅制的圆形物，随便哪种，就姑且假设：一个罐头盖吧，滑落时制造出来的噪音。通常在它坠落地板的那一刹那，并不会弄出很大的声响，只是短促地碰撞地板，然后沿着边缘向前滚动，事实上，只有在滚动打住，盖子即将平躺前四下敲打地板时，制造的声响才扰人。所以：事情就是这样；一个这样的铅制物在隔壁房间坠落，滚动，躺平，之间插入一段历时或长或短的敲打地板。一如所有重复作响的声音，此声响也具有内在结构；稍有转换，从不雷同。而这正也说明了其规律性。可能激烈，或者温和，抑或忧伤；在完全静止下来之前，可能仅是匆匆带过，或者极其缓慢地滑动。最终的颓然倾倒总是来得出乎意料。与此相反，紧随在后的碰撞声则几乎是机械性的。然而，却总是变换地切割声响长短，这个似乎是其任务所在。我现在可以比较清晰地辨识出这些细节；我隔壁房间是空的。他返回乡下老家去了。他必须休养。我住在最高的楼层。右边是别栋屋子，我楼下尚无人入住：我没有邻居。

在这种情况下，自己竟然还不能轻松看待此事，几乎令我感到讶异。虽然我的感觉每次都会预先给我警示。我可善加利用。别吓着，提醒自己，现在要来了；我知道自己从来都不会搞错。然而，或许正因为我听闻了一些内情；自从晓得这些细节后，我就变得更易受惊。原来这种噪音是启动于那个他在读书时会出现的细微、缓慢又无声的动作，即右眼睑自发性地垂下合上，令我闻之几乎毛骨悚然。其故事的核心即在于此，一个无关紧要的细节。他已数度落榜，自尊心变得很脆弱，家乡的人只要给他来信，可能都会在信里不断鞭策他。他除了更加奋发苦读之外，别无他途。而应试前的数月，这个毛病却发作了；这个小小的、不像话的疲惫，如此的可笑，就像一个卷起的窗帘不愿固定在上面。我确信，他已坚持了好几个星期，相信自己必能克服这个毛病。不然的话，我也不会动念，向他提供我的意志。详言之，就是有一天我意识到他的意志即将耗尽。从那个时刻起，一旦我有预感它又要出现时，就会站到我这头的墙边，请他自行取用我的意志。随着时间的进展，我也确认他接纳了我的提议。但也许他不该这么做，尤其考虑到这样并无济于事。就算假定我们可以稍微制止此事，但他是否真能充分利用我们争取到的片刻，还是个疑问。而就我的职责而言，我已开始感到负荷。我记得心中自问是否还能这么继续下去时，就是冒现在那个有人来到我们这个楼层的午后。登上狭窄的木制楼梯的脚步声一如往常在这间小旅馆掀起很大的骚动。一会儿后，来客似乎踏进我邻居的房间。我们房间的门位于走道的尽头，他的房门与走道相互垂直并紧邻我的房门。这段时间，我已察觉他偶尔会有访客，而，如前所述，我对他的私生活丝毫不感兴趣。他的房门接下来可能还会再被开开关关好几次，外面来的人进进出出。对此，责任真的不在我身上。

该晚，情况比先前的任何一次都还来得糟糕。时候还不是很晚，但我已疲惫不堪得上床就寝；我认为自己应该睡得着。突然感到像是有人碰触我的身子，我惊骇得跳起来。接着，就爆发了。跳下，滚动，撞上某处，摇晃，然后啪嗒一响。敲打碰撞的声响极为吓人。其间，下面有人，楼下一层的住户，忿忿不满地用力敲叩天花板。新入住的房客自然也被吵到了。这时：应当是其房门在隐隐作响。我的神志警醒得让我以为听见了他开门的声音，虽然他出奇得小心翼翼。我感觉他逐渐接近。他肯定想要确认刚才的吵闹声是从哪间房里传出来的。奇怪的是，他过度地顾虑他人。他应该已发现这栋屋子永无静歇之时。他究竟为何要如此小心地放轻脚步呢？我隐约感到他在我的房门前停了一会；然后，听见，毫无疑问，他踏进了隔壁房间。他径直进入隔壁房间。

现在（嗯，该怎么描述呢？），现在一切都静下来了。寂静，犹如一阵疼痛止住。一种异样的、发痒的寂静，仿若伤口正在愈合。我可以马上入睡了；我可以深吸口气，然后进入梦乡。唯有我的惊奇还让我保持清醒。隔壁有人在说话，但这也属于此片寂静的一部分。这样的寂静必须自己亲身经历，无法言传。外面的一切也像是都得到了和解。我坐起身来，倾听，这就像是在乡下啊。亲爱的神，我猜想，是他的母亲来了。她坐在灯畔和他说话，他或许将头轻轻搁在她的肩上。不消片刻，她即会搀扶他上床就寝。我现也明白先前走道上的脚步为何放得如此轻缓。啊，是有这样的事。这样的人，门对其让步的方式也迥异于对我们的。是的，现在我们可以入睡了。

我几乎已将我的邻居忘得一干二净了。我很清楚自己对他的情感不是出于真正的同情。有时我在楼下从门房旁边经过时，会打听是否有他的消息，并想知道是什么消息。如果是好消息，就会为之开怀。不过，我言过其实了。我其实不需要知道这些。有时我会突然感到有种想要走进隔壁房间的冲动，这跟他也不再有什么关系。我的房门与另一扇门仅有一步距离，而且房间也没上锁。我有兴趣知道这个房间究竟是什么模样。人们可以很轻易想象出随便哪间房间的样貌，而且往往也与事实相去不远。唯独隔壁房间总是与想象中的大不相同。

我告诉自己就是这种反差在引诱我。然而，我十分清楚其实是有某个铅制物在等我。假定确实是一个罐头盖的话，虽然也可能是我弄错了。这个想法并不会令我感到不安。把整件事情推给一个罐头盖，符合我的本性。可以想见他没把它带走。房间大约也被整理过了，有人把盖子盖回罐上，它该在的位置。现在这两者共同组成罐子这个概念，确切来说，圆罐，一个众人皆知的简单概念。仿佛我现在才又忽然记起来似的，我觉得它们，这两个构成罐子之物，是立在壁炉上。是的，甚至是在一面镜子之前，使得背后还显现出另一个罐子，一个相似得以假乱真的幻影。一个我们不会多加理会的罐子，但，譬如，一只猴子却会伸手去抓它。没错，甚至会有两只猴子伸手抓它，因一旦有只猴子跑到壁炉上，就也会出现两只猴子。结论就是，有这么一只罐子的盖子在针对我。

我们应都会同意：一只罐子的盖子，一只完整无缺的罐子，边角的弧度与其本来的并无差别，那么这个盖子应该是除了被置于罐上，再无别的想望；这当是它所能想象的极限；一个无法再超越的满足，它所有愿望的实现。其中也体现了某种理想，这么对准小小的相互对应的凸起与凹下的部位，施力均匀且耐心轻柔地旋入，感受边角在里面的啮合，既具有弹性又锋利得仿佛平躺其边上的是自己。啊，但还会重视此事的盖子已为数不多了。这里清楚显示出，与人相处给众物带来了怎样混乱的影响。也就是说人们，相关人士，姑且将他们与这样的盖子相提并论，极其不情愿且随便地打发他们的工作。部分是因为人们在匆忙之间没有找到正确的罐子，部分是因为人们愤然地把盖子歪歪斜斜地盖上，部分则是因为原本彼此对应的边角被弄弯了，各自以不同的弧度。我们就这么开诚布公地说吧：这些盖子基本上一心只想着，一旦时机成熟，就要跳下，滚动，发出喀拉喀拉的声响。否则，哪来这一切所谓的疏忽与由此制造出来的噪音呢？

几个世纪以来，众物将这一切全看在眼里。如果它们堕落了，如果它们对自己与生俱来的、安静平淡的用途丧失了兴趣，而欲仿效如周遭所见的挥洒存在，那么也就不足为奇了。它们企图逃避履行本分，变得兴致缺缺与漫不经心，倘若在一次闲荡中被人类逮个正着，后者也不会对此感到讶异。他们早已从自身上对这种行径很熟悉。之所以被激怒，是因为他们应该是更强大的一方，是因为他们自认更有权利从事这样的消遣，是因为他们感觉被模仿了；然而，他们却睁一只眼闭一只眼，就像放任自己一样，同样对之放任不管。但是，假如哪个地方有一位有自制力的人，比方说一位孤独者，安分守己，日以继夜，那么简直就会挑起这些堕落之物群起对抗、轻蔑，与仇恨了，良知败坏的它们不能忍受竟有人还能把持自我，追求其存在的意义。于是它们联合起来骚扰，吓唬，迷惑他，并晓得它们办得到。于是它们互相眨眨眼，开始进行诱惑，并扩大至无以丈量的范围，将众生与神也强拉至它们的阵营，以对付一位或许能够抵抗得住的人：圣者。

52　　如今我是多么能够切身体会那些奇异的画作啊，众物从局限与受规则制约的用途中解放出来，浪荡又满怀好奇地相互挑逗，在几近猥亵的嬉闹中抽搐。这些沸腾打转的锅子、这些起心动念的烧瓶，以及闲散无事，为了取乐往洞里猛钻的漏斗。在场的还有许多被忌妒的空虚高高抛起的躯干、四肢与温热地呕吐其中的脸庞，以及像喇叭一样吹奏、取悦众物的臀部。

　　圣者佝偻蜷缩着身子；但他的双眸中仍留有凝视的光芒，所以可推断：他的眼睛还在看视。他感官的表面已有水汽凝结，蒸发自从他灵魂流淌而出的澄明溶液。他的祈祷已然枝叶凋零，犹如一株枯死的灌木伸出其嘴。他的心脏倒挂，溢流出混浊的血液。他用以自鞑的笞杖虚弱地击打在身上，犹似一根驱赶苍蝇的尾巴。他的性器又只固定在同一位置，当有袒胸露乳的女子掀开洞口悬挂的破布挺直地朝他走来时，它就指向她，像是一根指头。

曾经，我认为这些画作已经过时。并不是因为我怀疑它们所刻画的真实性。我能想象这就是彼时发生在圣者身上的际遇，这些狂热的操之过急者，意欲即刻直面神，不计任何代价。我们则不再有此妄想。我们隐约感到他对我们太过艰难，必须往后推延，以从容不迫地从事漫长的工作，将我们与之分离。而今我则明白这种工作就如圣者一样引人生疑；同样四面楚歌的处境会在每位因其故而选择孤独的人周遭形成，一如，从前，在神的孤独者周遭，于他们的洞穴与空荡寂寥的隐居所里。

当人们谈起孤独者时，总把前提设想得过高。以为听者知道所指为何。不，他们不晓得。他们从未见过一位孤独者，在还不认识他之前，就无端憎恨他。他们曾是他的邻居，令他疲于应付，邻室传来各种声响，诱使他分心。他们煽动群物与他作对，制造噪音淹没他。小孩子们联合起来对抗他，只因他柔弱且尚未长大，并随着每一寸成长反成年人地成长。他们跟踪他，找到他的藏身处，像对待一头可猎之兽，而他漫长的青春期未被设定为禁猎期。如果他没被弄得精疲力竭并且成功逃脱了，他们就对出自其手的事物咆哮，斥之为丑陋，对之满怀猜忌。而他若不予理会，他们就更加胆大妄为，将他的粮食一扫而空，空气吸尽，并朝他破烂的家当吐唾沫，以激起他对他们的厌恶。他们诋毁他，就像对待传染病患，朝他背后扔石驱赶。而他们古老的直觉是正确的：因他的确是他们的敌人。

但，如果他始终未抬头看，他们就暗自思量。他们隐约感到他们所做的一切反倒磨炼了他的意志；反倒使他在其孤独里更加坚毅不挠，并协助他永远与他们断绝关系。这时他们的态度就逆转了，并施以最后的手段，最极端的，另一种对抗：声望。在这种噪音的干扰下，几乎每位都会抬起头来看，于是意志就瓦解了。

54 　　这一夜，我又想起那本我孩童时期曾经拥有过的绿皮小书；不知何故，我想象它原为玛蒂德·布莱所有。是不是确实如此，我并没有兴趣知道，反正我就是获得了这本书，而且还是若干年后，我想是在乌斯加尔德度假期间，才开始读它。不过，从见到它的第一眼起，我就意识到其重要。充满寓意，单从外观看即已如此。封皮的绿色似意有所指，让人即刻联想到内容必也与之相称。仿若约定好似的，翻开封面，首先是一张质地光滑、白底白水纹的衬页映入眼帘，然后是散发神秘氛围的扉页。这本书予人附有插图的感觉；实则却无，只能勉强同意这样也无妨。书页间找到的一条可作为书签的细丝带，稍微弥补没有插图的遗憾，它已变得质脆易断且有点折歪，依然保有粉红色则激起人心中的信赖，天晓得，这条丝带从何时开始就一直夹在这两张书页之间。也许它从未被当成书签使用过，不过是装订工人当初辛劳地匆匆插入，并没仔细看上面的文字。但，它之所以落脚此处，也可能不是出于偶然。可能是某人读到那个位置打住了，就此再也不能继续往下读；命运之神在这一刻敲叩其房门，有事叨扰，使得他从此远离所有书籍，书本毕竟不等同于生活啊。难以判断是否还曾被继续翻阅。也可想象，标注的书页就是之前的书主会再三打开的位置，当他正好想到的时候，即使在深夜也不例外。无论如何，我对这两页油然生起一种羞怯之情，就像面对着一面已有人站立其前的镜子。从未读过上面的文字。我也完全不记得是否读完整本书过。它不是很厚，却收录了许多则故事，我尤其常在下午时分翻阅这本书；总是能找到一则尚未读过的。

我现在只记得其中两则。我愿意透露是哪两则：格里戈里·奥特列皮耶夫的终结与大胆查理的败亡。

天晓得，这两个故事是否在当时就给我留下深刻的印象。但，现在，经过这么多年之后，我依然记得描写沙皇的遗体被投掷在人群当中，暴晒三日，血肉模糊，千疮百孔，脸上戴着面具的段落。我自然毫不指望这本小书还能再回到自己手里。但我相信这个段落必定是奇特的。我也有兴趣重读他与母亲相会的整个过程。他应当是胸有成竹，才会让她前来莫斯科；我甚至深信不疑，他当时对自己有如此强烈的自信，以至于认为就算真的召见沙皇之母也无需畏惧。而这位从简陋的修道院兼程赶来的玛丽亚·娜加娅，如果指认他为亲生子，也将重新获得一切的荣耀。然而，他的地位不正是从她认他为子的那一刻开始动摇的吗？我丝毫不觉得有何不妥地认为，他蜕变的力量正来自他不再是任何人的儿子。

（这个毕竟是所有离家出走的年轻人身上皆具有的力量。）[1]

人民，希冀其出现但对其并无明确的想象，只会促使他更加自由与不受拘束地施展各种变身的可能性。而沙皇之母的宣告，即便是有意的欺骗，却具有缩减他能力的威力；她把他抽离出任意杜撰的千变万化；将他局限在令人疲惫的模仿上；把他贬低成唯一的一个人，他并不是的人：她使他成为骗徒。此时，加入玛丽娜·姆尼舍克这个角色，稍微缓解了紧绷的气氛，她以她的方式否认他，如

1　书写于手稿的页缘上。

尔后证实的，借由不信任他，反倒相信所有人。我现在自然无法担保记得那则故事中所有情节前后衔接顾虑周全的程度。这部分，在我看来，可以再多加着墨。

除此之外，这个事件本身一点也不过时。可以想象现今有个小说家更加心思缜密地着手处理伪沙皇的最后时辰；这么做不无道理。这一段短短的时间内高潮迭起：他从沉睡中惊醒，奔抵窗边，从窗口跳至庭院站岗的护卫群中。单凭己力，他无法再站起来；得仰赖他们伸手搀扶。他的一个脚踝可能摔断了。倚靠在其中两位护卫身上，他感觉到他们的信任。环顾四周：其他护卫也同样信任他。这些高大魁梧的射手们目睹事态演变至此，几乎替他感到惋惜：在与伊凡雷帝近距离相处的情况下，他们仍然相信他。他陡然兴起向他们坦承一切的念头，但张开口，发出来的却仅是哀嚎。脚伤痛彻心肺，在这当下他不在乎自己的命运，除了疼痛，脑袋一片空白。然后就没有时间了。敌人向前推进，他眼睁睁地盯着舒伊斯基及他身后所有的人。很快，一切都会过去。但他的护卫们却将他团团围住。拒绝交出。于是奇迹出现了。这些老汉对他的信任蔓延至其他人身上，顷刻间无人愿意再往前踏一步。近逼眼前的舒伊斯基，绝望地朝着楼上的一扇窗户呼喊。他没回头看。他清楚是谁站在那里；明白此刻周遭将静下来，忽地沉寂。此刻将传来他初次听闻即深印脑海的嗓音；高亢、虚假的嗓音，吃力地突破周遭的喧嚣。于是他听见沙皇之母在否认自己。

截至目前，事情的发展合情合理，但此刻有劳一位小说家出手，何以是一位小说家：因剩余的几句必须跨越一切矛盾地以暴力作结。无论言明与否，必须极具说服力地刻画出，介于人声与枪响之间，情势是如何紧迫得无以复加，使得他心中再度燃起相信自己万能的意志与力量。否则的话，读者就难以体会这一切具有怎样无懈可击的一贯性，无法理解他们为何拔剑刺穿他的睡袍并四处刺戳他的躯体，以确认是否已将此人的顽强击毙。以及他死时为何依旧戴着面具，有三日之久，而他本来差点就要摘掉它了。

55　　我现在如果仔细思量，同一本书中竟也讲述了一位终其一生都一个样的人物之结局，就感觉必有蹊跷，这个人始终如一，刚硬不变，犹如花岗岩，益发沉重地压迫在必须忍受他的人们肩上。第戎收藏了一幅他的肖像。不过，无需见过这幅画，也能得知他身材矮小，性格古怪，偏执又绝望。只不过他的一双手可能会被人忽略。这双手燥热无比，为了要持续降温不由自主地搁在冰凉的物体上，十指叉开，让空气在指间流动。血液涌流进这双手里，如同人脑充血，当攥紧拳头时，它们就着实宛若疯子的头脑，翻腾着各种怪诞的念头。

与这种血液相处，需要格外的谨慎小心。公爵把它闭锁在自身内，而当它在他体内阴森地蜿蜒环流的时候，他偶尔也会感到害怕。即便对他本人而言，它也可能是骇人的陌生的，这个灵敏的、有一半葡萄牙人血统的血液，他对它几乎一无所知。时常惊恐地想到它可能会趁他熟睡之际突袭他，将他撕成碎片。他对外表现得像是已经降伏了它，但他其实始终处在恐惧中。从来不敢爱上女人，以免激起其妒意，并因它的暴躁而滴酒不沾；他不饮酒，而是品尝玫瑰酱，以使它温顺一点。不，他曾破戒过一次，当时他率军驻扎于洛桑城外，接到格朗松陷落的噩耗；他正好在病中又与外隔绝，喝了许多烈酒。但那时他的血液是在沉睡的状态。在他生命中徒劳无谓的最后几年，他的血液有时会陷入沉重的、野兽般的熟睡当中。由此可见，他其实多么深地受其掌控；因当它睡着的时候，他就一无所是。这时谁也不能靠近他；他听不懂别人说的话。无法接见外国使节，以他如此的呆滞无趣。只能静坐等待其清醒。而它往往是一跃而起，自心脏奔流而出，发出隆隆声响。

《手记》节55

为了这个血液,他让这一切他本身并不在乎的珍宝跟着自己四处征战。三颗巨钻与各色宝石;佛兰德花边与阿拉斯地毯。他的悬垂着金丝绦带的丝质帐篷与供随从使用的四百个帐篷。还有多幅绘制在木板上的油画,与纯银的十二使徒像。塔兰托亲王、克莱沃公爵、菲利浦·冯·巴登,与吉永堡城主也都随侍在侧。这一切都只为了要说服他的血液,相信他贵为皇帝,无人凌驾于其上:使它对他产生畏惧。然而,尽管有这些证据摆在前面,他的血液依然不相信他,这是一个多疑的血液。或许他能让它的怀疑仅再坚持片刻就烟消云散。但在乌里响起的号角出卖了他。从那时起,他的血液就明白自己是在一位失败者体内:欲弃之而去。

这就是我现在对这则故事的见解,但当时令我印象最深刻的,却是人们在主显节当天寻找他的那段描述。

几天前,也就是那场仓促爆发的南锡战役隔天,年轻的洛林亲王策马兼程赶来他这个饱受战火蹂躏的领地,这天一早他唤醒周围所有的人询问公爵的下落。使者接连派遣出去,亲王本人时不时现身窗口,面露不安与担忧。他并不认得每位躺在马车或担架上的死者,眼中只见他们给他运来辨识的并不是公爵。伤员群中没有公爵的踪影,这时仍不断押送前来的战俘队伍中也没人知道公爵的下落。

而难民则把各种不同的消息带往四面八方，他们狼狈慌乱，易受惊吓，仿佛害怕在路上撞见公爵。夜晚降临了，公爵依然音讯全无。他失踪的消息在漫长的冬夜逐渐传播开来。不论传至何处，都会在闻者心中激起一个突如其来的、对他还活着的夸大的确信。或许公爵从未像这夜一样如此栩栩如生地显现在每个人的想象中过。没有一栋房舍的住户没在守夜，等候他的到来，幻想他的叩门声即将响起。如果他最终并未出现，那么就是因为他已经路过，远去了。

这一夜天寒地冻，相信他还活在世上的信念，也像冻结成冰；它即是如此的坚实笃定。一年又一年地过去了，依然没有化为乌有。所有百姓现在，不明就里地，坚定拥护他。他给他们带来的命运，唯有透过他的形象才能忍受。他们之前很艰难地学会接受他；如今既已认识了他，就觉得他让人易记难忘。

但次日早上，一月七日，一个星期二，搜索的工作依旧继续进行。这回有一位向导领路。是公爵的侍童，据称远远看见他的主公从坐骑上跌落；现在得由他指出确切的位置。侍童本人一言不发，由领他前来的坎波巴索伯爵代为发言。现在，侍童在前面带路，其他人紧随其后，凡是见到他这般蒙面打扮又出奇地缺乏自信的人，都很难相信眼前这位真的是美若少女、骨架纤细的吉安-巴蒂斯塔·科隆纳。他冷得浑身打战；由于夜里降霜，空气也像是冻得凝结了，脚踩在地上，发出类似牙齿打战的声响。顺带一提，所有人全都冻僵了。唯有公爵的小丑，绰号路易十一，还活蹦乱跳。他假扮成一只狗，率先跑到前面，再折返，四肢着地跟在少年旁边小跑一会；一旦远远看见一具尸体，即拔腿奔去，俯身向它好声劝说，振作起来，成为他们正在搜寻的对象。他还给它一点考虑时间，最后却仍只能怏怏不乐地返回其他人的身边，嘴里同时口出恐吓，咒骂并抱怨死者的冥顽不灵与怠惰。大伙儿不停地前进，路途似乎没有尽头。城市的轮廓几乎已经看不见了；因在此期间纵使天气严寒，四周却逐渐变得灰蒙蒙的，难以看清，仿佛拉上了帘幕。大地漠然地横亘在前，这一小群人彼此紧挨着跋涉，越往前移动，越像是迷了路。无人开口说话，只有一位同行的老妇人口中念念有词，一边还摇头晃脑；也许在祈祷。

忽然带路的少年停下脚步回望。然后短促地侧身转向公爵的葡萄牙裔医生鲁比，举起手朝前方指去。距离几步远之处有一片结冰的水面，本来可能是沼泽或水塘，十或十二具尸体横陈其上，半截身躯冰封在结冻的水里。他们全都几近赤身露体，被掠劫一空。鲁比弯着腰仔细检视一具又一具的尸体。其他的人也分头查看，奥利维耶·德拉马尔什与几位教士的身份相继被指认出来。老妇人却已跪倒在雪地上，俯身向着一只大手啜泣，五根手指僵直地朝她叉开。所有人都连忙赶来。鲁比和几名仆役试图将这具尸身翻正，因它是俯卧的。然而，脸庞本来是冻结在水里，现在被这么硬扯出来，一边的面颊就被剥去一层薄薄脆脆的表皮，另一边的面颊则显示出被狗或狼啃去的痕迹；整张脸被一道从耳朵开始的大伤口劈开，已称不上是一张脸了。

在场的人一个接着一个转头往后看；每个人都以为身后站着一位能够排疑解惑的智者。却只瞧见小丑忿忿不平地跑来，身上的衣服血迹斑斑。双手提着一件披风，用力抖动，仿佛认为应当会有东西掉出来；但披风内却空无一物。他们只好着手搜寻可供辨识的身体记号，也真的找到几个相符的。他们生起火，用掺了酒的温水洗净尸身。颈部的伤疤与两处长着大脓肿的部位陆续显现。医生不再怀疑了。但还需要其他证据佐证，路易十一在隔了几步距离的地方找到大黑马莫罗的尸体，攻打南锡当日公爵的坐骑。他跨坐在这匹高大的骏马背上，两条短腿垂在马肚两侧。这时血还不断地从他的鼻孔汨汨冒出，流进嘴里，看起来就像是他正在津津有味地啜饮着。一位仆役记起来公爵左脚有根脚趾的指甲长进肉里；这时所有人都去查看这具尸体的脚趾。小丑却局促不安地扭动全身，仿佛有人给他搔痒，他喊道："啊，主公，原谅他们揭发你肉体瑕疵的行为吧，这些傻蛋竟不能从我这张因忧伤而拉长的脸上辨认出你来，你的美德明明就已映现其上了啊。"

（小丑也是公爵遗体安放好后第一位踏进灵堂的人。灵堂设置在一位乔治侯爵的官邸，为何选在这个地点，无人能解释。尸布尚未盖上，他因此得以有个完整的印象。马甲的白与披风的绯红既生硬又不友善地泾渭分明，介于华盖与长榻的两个黑色块之间。前端立着，鞋尖朝他，一双猩红色的、带镀金大马刺的高筒靴。看到皇冠，即可想而知其下有颗头颅，这应无人会有异议。是公爵的一顶镶嵌着各色各样宝石的大皇冠。路易十一在棺木旁边流连许久，仔细查看每件物品。甚至还摸了摸缎子，尽管他在这方面并没什么鉴赏力。可能是一匹好缎子，给勃艮第家族使用或许还稍嫌廉价。他又向后退了几步，审视全景。在白雪亮晃晃的反光映照下，色块间彼此诡谲地漠不相关。他将每样细节都深深嵌进脑海里。"装殓得不错，"他最后不得不这么承认道，"也许有一丝太过刻意的痕迹。"死神令他感到像是一位操偶师,急需一个公爵上场。)[1]

对于某些无法再加以改变的事情,直截了当地承认,不纠结遗憾,甚或只是评价这些事实,是有益的。我就是这么认清自己从来就不是一位真正的读者。童年时期,阅读在我眼中就像是一项得加诸己身的职务,晚些时候,当所有职务逐一冒现时。坦白说,我当时并没一个明确的想象,会是在何时。但我指望当人生出现某种程度的骤变时,且只由外而来,一如先前自内迸发,即会察觉得到。凭我的想象,它将是清楚明确的,丝毫不可能有所误会。绝不会是容易的,反倒相当具有挑战,就说是错综复杂又艰难吧,但毕竟是可以预见的。童年时期特有的不受限、不合比例、难以预见的状态,终将克服。何以如此,自是无从理解。基本上,这种状态仍然持续在增长,并于四面八方合上,而人若是越向外瞧看,内心就越被搅动得厉害:天晓得,是哪里来的。但也许长至一个顶点,即会猛然崩裂。很容易在成年人身上观察到,他们并不怎么为此不安;他们四处溜达,决断与行动,一旦遇到麻烦,就归咎于外来因素。

---

[1] 书写于手稿的页缘上。

我亦将阅读延后至这种转变之初。到时对待书籍就会像对待熟人一般，会把时间留给它们的，在某个想惬意消磨时光的固定时段，时间长短随心所欲。自然会有个别的几本书让人读来备感亲切，而且也不是说，保证绝不会因为沉迷读书而偶尔耽误了半个钟头做其他的事：散步、赴约、一出剧的开头，或者撰写一封亟待回复的信件。但因此把头发抓得凌乱，魂不守舍，情绪澎湃得使耳朵红通通的发烫，双手冰冷得宛若金属，让一根点燃的长蜡烛在身畔越烧越短，烛火直抵烛台托盘，谢天谢地，这样的情况是断无可能发生的。

我之所以细数这些症状，是因为它们曾经明显地在我身上发作过，那时我正在乌斯加尔德度假，却突如其来地陷入阅读的狂热中。真相随即揭晓，我不擅长阅读。自然也是因为开始得比预期的早。但这一年在索罗，置身于一大群年龄相仿的少年之间，令我对这样的人生规划产生了质疑。在那里，意想不到的经验纷纷向我袭来，并且显然地，待我就如一位成年人般。实体大小的经验，给人制造的痛苦，就如既有的尺寸。然而，就在我领会到它们的真实无疑之际，身为孩童这个绵绵无尽的事实，亦以同等清楚的程度浮现在我眼前。我明白童年不会有结束之时，正如同另一个阶段也尚未开始。我告诉自己，自然可以听便个人之意暂停，但这些停顿皆不过是臆想出来的。而且事实证明，我笨拙得设想不出一个来。无论我尝试了多少次，生命都让我明了，它对停顿一无所知。我却还是坚持我的童年业已过去，就在这一瞬间所有即将到来的也都掉头离去，所遗留给我的，就仅仅如一个锡兵得列身同伴之间始能屹立的这么多。

可以想见，这样的体认让我与周遭的人愈发格格不入。它占据了我的心思，并以一种类似终极的喜悦充塞我的心胸，我却误以为那是忧愁，因它超出我的年龄所能理解的范围。同时，就我现今回想起来的，它也令我不安，因事实既已摆在眼前，没有什么可以预先计划一个特定的期限，如今有些事情可能根本已经错失开始的良机了。因此，当我返抵乌斯加尔德，见到所有那些书籍时，就焦急地扑上前去；狼吞虎咽地读将起来，几乎带着良心的不安。我当时似也已隐约在心中预感到日后屡屡会浮现的感受；即若没抱定主意从头到尾读完，就无权打开一本书。随着每个句子，世界在我们眼前开展。在书里，世界是完好的，读后也许又会再完整起来。然而，我这个不擅阅读的人，该如何将这些书籍全数吸收呢？那头它们并肩昂立，即便在这间再普通不过的藏书房，数量也是多到没有读完的指望，并且摆出团结一致的架势。我顽强地扑身过去，绝望地从一本书翻到另一本，啃完一页又一页的书页，就像一个得完成某项过于浩大的壮举之人。那时我读席勒与巴格森、欧伦施莱厄和沙克-施塔费尔特，在那里所能找到的司各特与卡尔德隆的著作。有些被我拿到手里的书应当是早就该读过的，其他的则还嫌太早；几乎没有一本真正适合当时的我。即便如此，我依然在读。

稍后几年，有时我会在深夜里从睡梦中醒来，望见天上繁星如此真实地闪烁，如此充满寓意地指引在前，就不能明白怎么有人狠得下心来，错过世间这么多美好的事物。我想，那个时候，每当我从书本上抬起头来，朝着窗外的夏日、阿伯珑妮的呼唤望去，心中油然升起的感受也约莫如此。对我们而言，这场嗜读症发作得太过突然，以至于她不得不频频呼唤我，而我却连一声也不应。它就爆发在我俩关系最亲密的那段时间。但我既已被其攫获，就索性拼命埋首书中，煞有介事又异常执拗，日复一日回避我俩本来可以一同欢度的假日。笨拙如当时的我，不知善加利用运气带来的诸多自然而然的、时常是毫不起眼的巧妙时机，且心中并无不乐意地向自己保证在日益加深的龃龉之后必有未来的和解，而且时间越往后推延，它将越发显得诱人。

顺道一提，一如爆发时的突然，我的嗜读症也在某一天毫无征兆地戛然而止；于是我们就彻底激怒了对方。因阿伯珑妮这时一逮到机会就对我百般嘲讽，并摆出趾高气扬的姿态，每当我到凉亭去，遇到已在里面的她，她就声称正在看书。一个星期天的早上，她身旁虽然有一本合上的书，但看起来却像是一门心思都摆在红醋栗上，她正忙着用一支叉子小心翼翼地将成串的小浆果从纤细的果枝上分离开来。

这一天的清晨必定是那样的一个，如七月会有的清晨，充分酣睡后的崭新时刻，处处都可能迸发随兴的乐事。由数以万计的抑制不住的细微动静拼贴出一幅马赛克，刻画着最具说服力的存在图像；众物在空气中来回摆荡，制造出来的凉爽使得阴影的轮廓更形明晰，并让太阳化作一团轻盈空灵的光泽。花园里没有谁是绝对的主角；万物无处不在，人得置身一切之中，始不会错失一物。

这全体却又复现于阿伯珑妮的小手工劳动中。她正巧在做这件事的这一幕被我撞见是多么拜幸运所赐，她的动作又是怎样浑然天成的流畅。两只在阴影掩映下的白皙玉手彼此搭配行动得既灵巧又协调，一粒粒圆滚滚的浆果争相从叉子尖端快活地蹦跳起来，滚入铺着露水浸润过的葡萄叶的盘子里，盘内已有好些果实层层堆叠，鲜红与金黄的，晶莹剔透，坚实的果仁裹在酸涩的果肉中间。置身如此情境之中，我心所愿，唯有凝望，但因极可能被驱离，另也想表现出不拘谨的样子，我于是抓起那本书，在桌子的另一头落座，略微翻了翻书，就随意从一页开始念起来。

"你要念的话，至少也要大声些吧，书虫。"一会后，阿伯珑妮开口这么说道。语气听起来已不再那么具有挑衅意味，在我看来，是一个得善加把握的和解良机，于是就立刻大声朗读起来，把整段念完后，打算继续，下一个标题：致贝蒂娜。

"不，不要念回信。"阿伯珑妮打断我，骤然放下小叉子，像是已觉得疲惫。随后又噗嗤一笑，因瞥见我盯着她瞧的表情。

"我的天啊，马尔特，你念得真糟。"

这点我现在也只得承认，因从头到尾我都是心不在焉的。"我只是随便念念，好让你来打断我"，我坦白回答道，脸红起来，把手中的书往前翻，查看书名。此刻我才知道念的是哪一本书。"为何不要念回信呢？"我好奇地问道。

阿伯珑妮似乎没听见我的问话。身着浅色衣裳的她坐在那头，内在仿佛一片漆黑，一如她的眼珠子。

"给我。"阿伯珑妮突然像是恼怒地说道，从我手中拿走书，准确地翻到她要找的书页。然后念起一封贝蒂娜的信。

我不清楚自己当时是怎么理解她的这个举动的,但仿佛是有暗自郑重地许下诺言,一定要亲自查阅这整本书。而当阿伯珑妮的声音越来越高亢,到最后近似于那种我只有从歌唱才听闻过的声调时,我对自己先前想象的我俩和解场面的卑下,感到羞愧难当。我很清楚阿伯珑妮才是主导者。但此刻她正置身于某个我不晓得的峨然高处,远远超乎我之上,在我无法企及之处。

诺言总有实现之时,同一本书在某天加入我那为数不多的几本绝不离身的藏书。我同样翻到刚才提及的段落,读的时候,分不清内心想的是贝蒂娜,还是阿伯珑妮。不,贝蒂娜在我心中更加栩栩如生,我所认识的阿伯珑妮似乎是认识贝蒂娜之前的准备,如今她在我眼中与贝蒂娜融为一体,掺入其独特、毫不矫揉造作的人格特质。因这位神奇的贝蒂娜凭借她所有的书信造就空间,是最广袤无垠的形象。打从一开始,贝蒂娜即在全体尽情舒展,仿佛已殁。处处将自我广泛地放入存在,隶属其中,在她身上所发生之事,是大自然中的恒常;她在那儿认出自我,抽离出来,近乎引发痛楚;吃力地重新拼回自我,犹如根据传说,召唤自我,仿若召唤精灵,并且坚持自我。

刚刚还是你啊，贝蒂娜；我认出你。大地不是依然因你而温暖吗，鸟儿依然将空间出让予你的声音。露水已不复是原先的了，但星辰依旧是你的夜晚星辰。抑或世界根本就是出自你手？因你频繁地以你的爱情在世上纵火，目睹大火熊熊燃起，将世界烧光殆尽，再趁万物沉睡之际，偷偷以另一个替换。当你每日清晨向神祈求一个崭新的地球，好让他的每个造物皆能有所施展时，你感到与神十分契合。珍惜与改善世界，在你看来蹩手蹩脚，你既消耗又总还是伸出双手拢着它。因你的爱所向无敌。

这怎么可能呢，你的爱情竟还没被众人传颂？在那之后究竟发生了什么事，什么不寻常的？是什么制止了世人？你很清楚自己爱情的价值，在你心目中最伟大的诗人面前朗声读出，让他将之人性化；因你的爱情还是自然力。诗人却在回信中向人们劝阻这个爱情。所有人都读了这些回信，而比较相信它们，因对他们而言，诗人比大自然更明了易懂。但也许他伟大的局限终将于此处暴露出来。将这名爱者给他担负，而他并没通过考验。何谓无以回报这份深情？这样的爱情不需要回应，它已兼具呼唤与应答；本身即能回应殷切的呼唤。他该在他所统辖的国度对她表示谦卑，用双手抄写她的口述，如同拔摩岛的约翰，屈膝跪着。在这个声音面前，别无选择，这个"执行天使职务"的声音；它降临，笼罩他，欲将他带往永恒。乘载他净火升天的马车已在候。奥秘的神话已为他的死亡备妥，他却让它落空了。

命运喜欢塑造典范与人物。其困难之处在于复杂。生命本身却是由于简单而沉重。它只有几种事物对于我们太过浩大。圣者拒绝顺从命运，选择这种直面神的道路。但女人，依循其本性，在与男人相关之事上不得不做出相同抉择时，则会唤起所有爱情关系中的宿命：毅然决然且不受命运牵制，犹如一位伫立于他这个变幻不定者身旁的永恒之女。爱恋中的女人始终凌驾于被爱的男人之上，因生命大于命运。她的倾心相向欲朝无以量度发展：此即其幸福所在。而她爱情的无可名状之痛却也总是：被要求将此倾心相向缩限。

女人所哀叹的从来都不是别的：它是爱洛漪丝最初两封信的全部内容，并在五百年后于那位葡萄牙修女的书信中幽幽响起；世人再度认出了它，犹如辨认出一种鸟啼。在此体认下开启的澄明空间蓦地掠过萨福遥远的身影，那道数世纪以来因总在命运中寻觅而遍寻不着的身影。

我从来不敢向他买份报纸。我不确定，当他整晚沿着卢森堡公园围墙来回缓慢移动的时候，身上是否真的总带着几份报纸。他背对铁栏杆，一只手一路触摸架着铁杆的石墙边沿。将自己缩得如此扁平，以至于每天都会有许多在这里路过的人，却丝毫没注意到他。尽管他的体内还残留余音并出声警告；但那只不过像是一盏灯或暖炉发出的细微声响，或是岩洞里间歇响起的滴水声。而世间就是这么运作的，总有些人，终其一生在休息时间路过，正当他，比一切正在走动的更加悄声无息地往前移动，犹似一根指针，犹似指针下的影子，犹似时间本身。

我不乐意将视线投向他，这种心态是多么不应该啊。我带着羞愧之情写下自己常在走近他时，转换成跟其他人一样的步伐，仿佛没意识到他的存在。然后，听见一声"La Presse"（法：报纸）从他体内冒出，紧接着又是一声，第三声，间隔的时间很短。我身旁的人全都四下环顾，寻找声音的来源。唯独我动作得比任何人都快，仿佛我什么都没注意到，仿佛我刚刚只顾着想心事。

事实上，确实如此。我忙着把他想象出来，进行这个臆想出他模样的工作，费劲得都冒汗了。因我得把他做出来，就像人们要做出一位对其生存不再留有任何证据，缺乏组成部分的亡者；完全只能从内着手。我现在明白，我当时心中想着在所有旧货店皆随处可见的，由象牙刻成的清癯瘦削、带着龟裂纹路的基督像，稍微给予了我帮助。不特定的一尊圣殇像在我脑海中浮现又沉落——：这一切也许只为了唤起他那张长脸持续保持的倾斜姿势，和凹陷的脸颊上惨淡的胡茬，以及他脸上封闭的、朝上斜举的表情里满盈终极痛苦的失明。不过，此外还有他身上的许多东西。此点我在当时即有所领悟，他身上无一物是次要的：既不会是他的外套或斗篷后面竖起，让衣领整个暴露在外的方式，这个低领隔着老远兜住，一点也没碰触到，伸得长长的、仿若壁龛般的脖子；也不是将这全部松松系住的泛绿的黑色领带；更不会是帽子，一顶老旧的、高高拱起的、僵硬的毡帽，他戴在头上，就像是所有盲人戴帽的风格：与脸部线条没有任何对应关系，没有从这个添加物与自身形成一个新的外观统合的可能性；只不过像是某个约定好要戴上的异物罢了。在我不敢将视线投向他的胆怯心理作祟下，这个男人的形象最终即便无缘由，也会屡屡强烈且痛苦地在我心中凝聚成无情的悲惨化身，促使不堪折磨的我决定借由外界事实，斥退在我的想象中已逐渐完工的形象并撤销之。彼时已近黄昏。我决定留神尽速从他旁边通过。

　　须知：当时时序正迈向春季。日风偃息，巷弄悠长静好；尽头出口两侧的房舍微微发光，簇新似白色金属新鲜的断面。不过，是出乎意料的轻盈的金属。在宽阔绵长的街道上，行人如织，随意穿梭，几乎不需要担忧会被车子碾过，因路上车辆寥寥无几。应当是一个星期天。圣叙尔比斯教堂的塔尖显现在无风的空中，明快又出乎预期地高耸，在行经狭窄的、近似罗马式的通道时，让人不由自主地望向出口的初春。公园里外，人群熙来攘往，以至于我没马上看见他。抑或是在众人之间一开始没认出他？

我即刻明白自己的想象力一文不值。他的悲惨相中的耽溺性，丝毫没有因为心怀戒心或意欲掩饰而受到局限，远超出我的想象。我既没掌握到他垂首姿势的倾斜角度，亦没领会到他那看似从其眼睑内侧源源不断地冒出，填满他的惊恐。我从没想到他的嘴，这张嘴像是一只水龙头嵌入他的脸。他也许拥有许多回忆；但现在能进入他心灵的，除了每天从抚摸背后石墙边缘得来的无定形触感之外，再无其他，他的手也因而磨破了。我立定不动，当这一切几乎同时尽收眼底之际，我觉察到他头上戴的是别顶帽子，脖子上还系着一条毫无疑问是星期天专用的领带；有着黄紫相间的菱格花纹，至于帽子则是一顶廉价的新草帽，绑着一条绿色丝带。这样的配色自然无关紧要，我竟还会记得，颇显得小题大做。我只是想说，它们在他的身上令人联想起鸟腹最柔软的部位。他本人并不在意这身装束，所有这些人当中（我环顾四周），有谁会认为这身盛装是为了他？

神啊，我猛然醒悟，原来是你啊。有你存在的证据。而我却将它们全然忘却，从未要求见证，因对你存在的确知，连带着巨大的责任。然而，此刻它就展示在我眼前。这身装束符合你的品味，能博得你的欢心。而我们则尤该学习忍耐，不做评判。哪些是沉重的事物？哪些又是慈悲的？唯独你知晓。

当冬天再度降临，而我得添置一件大衣时，——赐予我这么穿它，趁它还是簇新的时候。

如果我穿上比较体面的，打从一开始就是自己的衣服在外溜达，并坚持有个住处，并不是因为我想要有别于他们。我还没走到那个地步。不具备过他们那种生活的心脏。如果我的手臂残废了，我相信，我会把它藏起来。而她（我不清楚她是谁）每天出现在咖啡厅的露台前，虽然脱去外套与让自己从一堆不明的衣物、内穿的衣着抽身出来，对她来说非常困难，却不嫌麻烦地一件一件脱下，并且耗时那么久，以至于旁观者几乎都迫不及待见到完成的那一刻到来。然后，她就这么站立在我们面前，态度谦逊，连同她那只干瘪萎缩的手臂，看得出它是不正常的。

不，我并不是想要有别于他们；我如果想跟他们一样，那反倒是妄自尊大了。而我并不是。我既不具备他们的优点，也缺乏他们的那种克制力。我给自己喂食，从一餐进食到下一餐，一点也不神秘；他们却仿若永生者般地自立维生。每日站在他们固定的角落，即使十一月也不例外，不会因寒冬刺骨而哀嚎。起雾了，把他们的身影弄得模糊隐约；他们却依然故我。我出外旅行去了，我生病了，我经历了许多事：他们却没死去。

（我甚至也不明白，学童们怎么能够在他们弥漫着灰蒙蒙寒气的小室爬得起床来；是谁激励这些瘦巴巴的小孩仓促匆忙地跑出家门，跑进属于成年人的城市，跑进阴霾的夜晚尽头，跑进无止境的上学日子，他们依然幼小，依然满怀预感，总是迟到。我无法想象背后支撑他们的情感存量有多大，能够持续消耗到何时。）[1]

这座城市满是这样的人，逐渐沉沦，最后加入他们的行列。大多数的人最初都会极力反抗；然而，却有这么些褪了色的、年华渐去的女孩们，不作抵抗地随着命运的波涛持续往底层推进，这些坚强、内心深处没被触动过，从未被爱过的女孩。

1　书写于手稿的页缘上。

或许你认为，我的神，我该搁置一切，去爱她们。或问，为什么当她们在路上超过我时，我很难抑制下跟踪她们的冲动？为什么我会突然凭空杜撰出最甜蜜的、午夜时分的绵绵情话，我的声音柔情地停留在喉咙与心脏之间。为什么我会臆想自己极其小心翼翼地呵护她们，这些玩偶们，被生活玩弄于股掌之间，一春又一春为着一次又一次的虚空张开手臂，以至于肩膀关节都松脱了。她们从未从希望的高处跌落，故也未曾被打碎过；但，她们是败下阵来的人，对生活已是心余力绌。唯独迷途的小猫会在夜晚潜入她们的斗室，偷偷抓伤她们，趴睡在她们身上。我有时会悄悄尾随她们其中的一位，跟着走了两条巷弄。她们挨着路旁的房舍走，不断有人插入，挡住她们，她们持续消失在其他人的后面，犹似虚无。

然而，我很清楚，如果现在有人尝试爱她们，她们就会沉重地攀附在其身上，如同已经跋涉过久，停止再走的人。我相信，唯有耶稣才足以担受，他通身上下尚有复活的神力；但她们身上没有任何东西能够引起他的注意。只有爱者能够诱引他，而不是这些身怀小天分，犹如手持一盏冷却的灯，等待成为被爱者的女子。

我很清楚，如果我注定走向最极端的命运，那么就算伪装在较为光鲜体面的衣着之下,也于事无补。他不正是从国王宝座滑落至低贱之辈吗?他,没往上攀升,反倒沉落谷底。没错,我有时相信其他帝王的荣光,纵使宫苑庭园如今荒凉颓圮,无从见证他们的辉煌。但此时正值夜晚,寒冬,我冷得哆嗦,我相信他。因荣华富贵只是浮云片刻,而我们从未见过有什么比悲惨更漫长。国王则应长久永续。

这一位不是世间仅此一人,将自我保存于疯狂中,犹如玻璃罩里的蜡花?他们在教堂为其他的国王祈求长命百岁,对他布道家让·沙利耶·热尔松却要求永恒,而他在那个时候业已是最凄惨之人,情况恶劣,虽头戴皇冠,却已落入绝对的困顿之中。

那时,时不时会有几位脸孔涂黑的陌生男子闯入寝宫突袭他,扯下他身上被脓疮流出的脓液浸泡得脆烂,他早已视为自己身体一部分的内衫。在昏暗中,他们粗暴地从他僵硬打直的双臂下扯掉破布烂衫。其中一位举灯照明,他们这才发现在他胸膛上的烂疮里面镶着一块铁制护身符,因他夜夜皆激动万分地用尽全身力气将它紧压在胸上;现在它深深嵌进他的身体,无比珍贵,外围镶着一圈脓血珠子,犹似一块能显现神迹的圣物残片躺在圣物匣的内槽中。已是特别挑选铁石心肠的大汉来执行这项任务，但当大量的蛆虫受到侵扰，从佛兰德棉亚麻混纺粗布衫衣朝着他们纷纷窜出，并从褶皱间掉落至他们衣袖上不停蠕动时，他们还是抑制不住呕吐的冲动。毫无疑问，自从与parva regina（拉丁文：小女王）共度时光以来，他的病情每况愈下；但她毕竟还愿意与他同床共枕，以她如此的青春白净。然后，她死了。现在无人敢再为这具腐躯安排陪睡女伴。她也没有留下任何只字片语与款款柔情的纪念，足以抚慰国王。因此，再也没有任何人能闯进这个日趋荒芜的心灵；无人能协助他挣脱灵魂的深渊；无人能明了他为何突然踏步向前，睁着又大又圆的、犹似动物漫步草地上时的眼睛。而当他终于认出朱维纳尔焦急的脸孔时，这才想起帝国最近的局势。他打算补救荒疏已久的政务。

但该处理的，是在那段他们无法委婉地向他通报的时期所发生的种种事件。那段时期只要一有事情在某地发生，那么就是以其全部的力道，就像是直截了当，可以这么说。或是他弟弟被谋杀事件的后续，就在昨天瓦伦蒂娜·维斯孔蒂，他一向亲昵地称之为他亲爱的妹妹，不是还长跪在跟前，一身寡妇的黑丧服，起身离去时带着因哀怨控诉而扭曲变形的面孔？今天则有一位能言善道、不屈不挠的律师一连几个钟头站在他面前滔滔不绝地替侯爵身份的幕后买凶者辩护权利，直至罪行全都清晰明朗，俨然将光辉升天。然而，持守公正意味着所有人皆有理；瓦伦蒂娜·冯·奥尔良后来不还是心碎而死，纵使已向她承诺复仇。况且，一再地宽恕勃艮第公爵，又有何益；此人已被绝望的黑暗激情所攫获，数个星期以来皆以驻扎于阿尔吉利森林深处的帐篷为住所，并宣称夜里必须倚靠聆听呦呦鹿鸣，来纾解内心的不安。

若全面思考这一切，一而再，再而三地反复彻底思索，那么可简要地归结出人民想要亲眼见证的渴望，并且见到了一位：不知所措的。人民却欣喜眼前所见；他们明了这一位是国王：这位沉静的王，这位坚忍的王，其在位只为了听任神在后来失去耐性时越过他安排一切。在这个神智清醒的片刻，站在圣保罗宫的阳台上，国王或许隐约感到自己暗地里的进步；他忆起罗泽贝克之日，他的伯父贝里公爵牵起他的手，将他引向他的首次完成的胜利；那是一个十一月里不寻常的漫漫长日，他俯视根特群众在四面八方皆有骑兵策马奔来所引发的恐慌推挤下，尽皆于他们自身造成的拥挤中窒息而死。他们彼此交缠，犹如一颗巨大的脑，层层堆叠，自发地束扎成一座小山，以相互贴紧。若有人看见这些窒息而死的面容，一个挨着一个，也会觉得透不过气来；不禁想象在这堆因相互推挤而还立着的死尸上空，空气也被这么多骤然挣脱肉躯飞升的绝望灵魂驱离。

这一幕，人们让他视作其声望之开端牢牢记住。他搁在心上了。但，如果彼时是死之胜利，那么现在他支着软弱无力的膝盖站在这里，直立在所有这些眼睛之前，就是：爱之奥秘了。他从其他人脸上看出人们可以明了那场战役，尽管它的惨烈闻所未闻。而眼前这一幕则不愿让人理解；它就像之前桑利斯森林里那只戴着金颈圈的雄鹿一样神奇。只不过现在奇迹就是他本人，陶醉在见证当中的则是别人。他毫不怀疑他们此刻全都屏气凝神，内心充满同样壮阔的期待，如它在年少时期的那个狩猎日，当那张沉静的面容，睁着又大又圆的眼睛，从枝叶间出现时，也曾攫获了他。他肉眼能察觉的秘密在他柔软的身躯上散布开来；他纹风不动，害怕一动就会消失于无形，浅浅的微笑自然地凝固在他宽阔、单纯的脸庞上，犹如圣人石像上的笑颜，丝毫没有勉强的痕迹。他就这么现身在阳台上，这一刻是那样的一个永恒的瞬间，永恒的缩影。群众几乎承受不住。待汲取了永不竭尽的慰藉之后，他们才恢复过来，爆发出欢呼声，打破寂静。阳台上却只剩下朱维纳尔·德·乌尔辛斯，等到欢呼声一歇止，他就向阳台下的群众宣告，国王将莅临圣但尼街，观赏受难兄弟会演出的神秘剧。

在那样的日子里,国王的内心充满祥和。当时若有画家想要有所依据地描绘天堂里的存在,不会找到有比国王平静的模样更加完美的典范,如他这般伫立在卢浮宫的一扇大窗的窗楣下。他手中翻阅克里斯蒂娜·德·皮桑的一本小书,特地题献给他的《长久学习之道》。他不读在那个托寓式的议会上进行的博学辩论,其目的在于找出能力足以统治世界的王侯。这本书总替他打开在最浅白的段落:写的是一颗心,十三年来都犹如一只烧瓶,置于灼焰之上,只为了给眼睛蒸馏出苦涩之水;他明白只有当幸福消失得足够彻底,并且永远消逝时,真正的慰藉才会开始。对他而言,没有比这种安慰更合意的了。而在他的目光似乎一边捕捉到对面桥影的同时,他喜欢透过这颗在强大的库迈女先知的指引下踏上大道的心观看世界,彼时的世界:波涛汹涌的海洋、高塔林立的异国城市,围困在广阔之间;群山峻岭里狂喜的孤独,与在夹带恐惧的怀疑中所探索的、犹如婴孩的头盖骨之后始会合上的苍穹。

然而,一旦有人走近,他就会受到惊吓,神智渐渐蒙上一层薄雾。他听任他人将自己带离窗边与接下来的安排。他们让他养成花好几个钟头的时间翻看插图的习惯,这个消遣也令他满意,只除了无法同时将多幅插图摊开在眼前，以及这些插图因是装订在大开本的书册里，无法挪动，令他感到不快。于是，有人想起了在当时已被人彻底遗忘的一种纸牌游戏，带给国王，从而获得他的宠信；这些纸牌是多么切合国王的心意啊，色彩缤纷，又可单独移动，并印着各式各样的人物。而在纸牌游戏也于宫廷侍从间流行起来之际，国王则是独自一人坐在图书室里玩牌；正如他现在翻开两张王牌并列，最近神也安排让他与皇帝瓦茨拉夫两人会面；有时一位皇后驾崩了，他就将一张红心Ａ盖在皇后牌上面，像是给她立墓碑。在这个牌戏里出现好几位教皇，并不令他感到诧异；他在桌子的另一头边上建起罗马城，而这边，在他右手下方，则是阿维尼翁，罗马对他来说无关紧要；基于某种理由，他把它想象成是圆形的，就不再坚持什么。但，他到过阿维尼翁。一想起这个地方，高耸、密不透风的宫殿就不断萦绕在他的脑际，令他感到疲惫。他合上眼睛，不禁深深吸了口气。他害怕接下来的晚上会做噩梦。

不过，整体看来，打牌戏这个消遣确实能安定他的神经，他们让他一再玩牌的做法是正确的。在这样的时刻，他更清楚地意识到自己贵为国王的身份，查理六世。这不是要说他自我膨胀；他并不认为自己远比这样的一张纸牌重要，但这种确认更强化了他对自己也是一张特定纸牌的信念，或许是张坏牌，一张恼怒之下打出的牌，总是输掉：却总是同一张：却永远不会是另一张。然而，倘若一整个星期都这么规律地在自我证实中度过，他的内心就会产生局促感。额头与脖子的皮肤绷紧，仿佛突然感觉到自己过于清晰的轮廓。无人晓得当他问起神秘剧，并迫不及待开演日的到来时，是屈从于何种诱惑。等时候一到，他住在圣但尼街的日子，就会多过在圣保罗宫。

这是因为这种为了演出的目的撰写的诗句在不断增补与扩展的情况下，总数可能会上达至骇人的数万诗行，以至于剧中时间最终与实际上演的时间等同；就好似依照地球尺寸制造地球仪一般。中空的舞台，下方代表地狱，上方靠着一根柱子搭建的、一座阳台无栏杆的支架则意味着天堂层，然而，这样的设置反倒降低了幻觉效果。因这个世纪事实上将天堂与地狱俱皆尘世化：它依靠两方的力量维系着生命，以不致倾覆。

那是阿维尼翁教廷时期，于一个人寿命的年数之前，基督教界集结在教皇若望二十二世身边，连带兴建起众多的庇护所，以至于，就在他死后不久，于圣座所在地竖立起了这座宫殿群，闭锁沉重，犹似一尊为所有无家游魂提供庇护的救急躯体。而他，这位矮小机敏、才智过人的老人自己却仍是一无遮掩。当他才刚抵达，即毫不拖延，雷厉风行地全面执行职务时,摆在他餐桌上的食碗内则被人添加了毒药调味;第一杯酒总得倒掉,因试毒的仆人把浸入酒液的独角兽角从酒杯再伸出来时,看见它变了色。在苦于无计可施,不知将那些仇敌们为了诅咒他而依照他的模样制作的蜡像藏匿于何处的情况下,这位七十岁的老人只好把它们都带在身上;时不时还会被穿刺这些蜡像的长针划破皮肤。他大可让人把它们全都熔去。但光是暗地里模拟过程,就已令他毛骨悚然,也就是说,违背其坚强的意志,他多次在脑海中想象自己可能因此致命与化为乌有,一如蜡靠近火苗的下场。他缩水的身躯在担惊受怕下,只变得更加干枯与坚韧。但现在竟有人胆敢进犯其帝国之躯;犹太人从格拉纳达策划歼灭所有基督徒,这回还收买了更加可怖的执行者。麻风病人参与袭击的传闻才刚起,就无人怀疑其真实性;也已有几个人看见他们将沾染他们身上吓人的烂疮的衣物包袱投入井中。立即将这种传闻视作可能,并不是人们的轻信;相反地,相信变得如此沉重,以至于从战栗者身上掉落,沉至井底。焦虑的老人再度严防被人下毒。在他深陷迷信难以自拔期间,他给自己与周遭的人开了帖诵念《三钟经》的处方,以对抗薄暮时分现身的群魔;现在这个安定灵魂的祷词每天傍晚都会在整个躁动不安的世界上响起。要不然,所有从他手中发出的教谕与信函反倒是比较类似香料酒，而不是药茶。帝国并没接受他的诊疗，他却仍不倦于给它追加罹病证据；于是乎，从最遥远的东方也有人来向这位专横独断的医生问诊了。

但接下来却发生了一件令人难以置信之事。他在万圣节这天布道，比以往讲的时间更长，也更情感热烈；突然涌现的内心需求，像是想再见到自我般，促使他向外展示自己的信仰；他用尽全身力气将它从八十五岁高龄的神龛掏出，放置于布道坛上：结果引来他们的大声斥责。全欧洲都在大喊：这个信仰是邪说。

教皇销声匿迹起来。一连几天都无任何动静，他跪在自己的祈祷室，苦思那些行为给自己的灵魂带来损害的人之秘密。终于，他又再度露脸，经过刻苦的反省看起来十分疲惫，他撤回先前的信仰主张。他又撤回其他的主张。撤回，成为在他精神里燃起的年老激情。他甚至会在夜里派人唤醒红衣主教们，向他们陈诉内心的忏悔。或许这就是他的寿命能够特别长久延续的理由，到最后就只剩下能向憎恨他、不愿应召前来的纳波莱奥内·奥尔西尼卑躬低头的希望维持着他的残生。

卡奥尔的雅克撤回他的主张。人们可能猜想是神自己想要向他证明其谬误，因随后不久利尼伯爵之子即蒙主恩召,这位之所以在尘世挨至成年的岁数,似乎只为了要以成年男子之姿踏入天堂享受灵魂的盛宴。有很多人还记得这位白净的男孩担任红衣主教的时期,以及他在刚长成少年即晋升主教,并于尚不及十八岁时就在圆满的狂喜中死去。人们与亡逝者重逢:因在其坟墓周遭的空气洋溢着被释放出来的纯粹生命力,久久影响着其他的长眠者。但难道不是甚至在这个早熟的成圣中,也带着某种绝望之情吗?这块灵魂洁白的布匹之所以织就,仿佛只为了浸泡在时间的猩红色染缸里,以染上鲜艳的色彩,难道不是对所有人都不公平吗?当这位年轻的王子从尘世纵身跳入其激情四射的升天时,人们不是感觉到一种类似后坐力的冲击吗?为何照明者不停留在劳苦的制烛者之间?难道不正是眼前这一片黑暗促使教皇若望二十二世宣称,在最后审判之前圆满的极乐不存在,不存在于任何地方,甚至在真福者之间亦是如此吗?的确,得需要多顽强的执迷,才能在世间如此极度纷扰之际,仍能想象在某个地方已有被神光笼罩的面容,依偎在天使的怀里,从对它无尽的仰望中,饥渴获得了平息。

我这么在寒冷的夜晚坐着振笔书写,并且懂得这一切。之所以懂得,也许是因为在我年幼的时候遇见了那个男人。他非常高大,我甚至相信他会因为身高而引人瞩目。

虽然这事很难让人置信,但我不知怎么办到的,在一天傍晚独自出门去;我大步跑着,在一个街角转弯,就在这一瞬间我撞上了他。我无法理解接下来发生的事情怎么仅仅在约莫五秒钟内就全部结束。无论再怎么紧凑地叙述,花费的时间远多于此。撞上他把我弄疼了;以我当时的幼小,在我看来,没哭就已实属难得,也不禁在心中期待着他的安慰。他却没这么做,我以为他是难为情;猜想他大概一时想不到合适的玩笑来化解这个场面。我觉得很逗趣,想助他一臂之力,但这么一来就得注视他的脸了。我已提过他身材高大。这时他也没,如应当是很自然的反应,向我弯下腰来,所以他的脸是位于一个在我心里没准备好的高度。我的前面一直都只是从他身上的西装传来的气味与让我感到古怪的刚硬感。突然他的脸出现了。是怎样的一张?我不知道,也不想知道。那是一张敌人的脸。紧贴在这张脸的旁边,跟那双可怕的眼睛在同样的高度,竖立着他的拳头,犹似第二颗头颅。我还来不及低下我的脸,即拔腿跑开;从他的左侧闪过,直直地往前跑,跑在一条空荡荡的、可怖的巷弄上,一个陌生城市的巷弄,一个毫不宽宥的城市。

当时我正经历着，我现在才明了：那沉重、粗暴、绝望的时代。在这个时代，两位和解者之间的亲吻，只是为了给环立四周的谋杀者打暗号。他们从同一只杯子喝酒，在所有人的见证下共骑一匹马，也安排好晚上他们将同床共寝；但尽管有着所有这些近距离的接触，他们对彼此的反感是如此的强烈，以至于其中一位瞥见对方跳动的血管，即会涌起一阵病态的恶心，就像看到一只蟾蜍。在这个时代，哥哥会因为弟弟继承了比较多的遗产而袭击与囚禁弟弟；虽然国王出面替受虐者主持公道，释放了他，并将其财产归还予他；心系其他的、遥远的命运，比较年长的那位也允诺不再打扰其安宁，并在信中忏悔自己的恶行。但经历了这一切，重获自由者的内心再也无法恢复平静。世纪给他指示一条身穿朝圣服从一座教堂朝另一座前进，臆造出益发奇异的誓愿之道路。他身上挂满护身符，向圣但尼教堂的修士悄声耳语内心的担忧，很长一段时间以来在他们的登记簿上都记录着他给圣路易供奉的百磅大蜡烛，他认为这么做是有益的。而他自己的生命却是一片空白；直到生命的终了，他都感到哥哥的忌妒与愤怒化为扭曲的星座压在他的心头上。还有那位广受推崇的富瓦伯爵，加斯顿·弗布斯，他不是公然杀害自己的堂弟、英国国王派驻卢尔德的上尉埃尔诺吗？而这个光天化日之下的谋杀与那宗令人毛骨悚然的意外相比，又算得了什么呢，他没先将手中锐利的修甲小刀搁在一旁，就伸出其出名的美手，在良心的谴责下抽搐着，轻轻拂过沉睡中的儿子的裸颈？卧室很暗，必须点灯才能看见这个尊贵家族的、可回溯至遥远祖先的血液，正悄悄从奄奄一息的男孩脖子上微细的伤口汩汩流出，就此永别。

谁能坚强，克制住谋杀的冲动？在这个时代，谁不知极端行动难以避免？一个人的视线随处，在平日当中，就这么突然对上谋杀者打量的眼神，古怪的预感涌上心头。他于是深居简出，把自己关在房里，撰写遗嘱，要求葬礼使用柳枝编织的葬舆，给他穿上西莱斯廷会的僧衣，以及将骨灰撒于大地。陌生的吟游诗人出现在他的宫殿前，吟唱的歌词与他模糊的预感相吻合，他王侯般地慷慨赏赐他们。狗儿们的仰视中却流露出疑惑，殷勤讨好的态度也不若往常的确定。从一辈子奉行的箴言中悄悄衍生出一个崭新的、开放的附带含义。有些长久以来的习惯显得过时了，但似乎也不可能养成其他的习惯取而代之。计划生成了，就大略安排处置一番，并没真的相信它们可行；反倒是某些回忆被赋予了出乎预期的终极意义。夜里，坐在壁炉边，心想可以尽情沉浸在这些回忆当中。但外面的夜，不再认得的夜，突然充盈耳际。对诸多自由不羁的或危机四伏的夜晚熟稔的耳朵辨识得出寂静的每一种段落。然而，此回情况不同。并不是介于昨日与今日的夜：一个夜。夜。Beau Sire Dieu（法：俊美的神），然后是复活。这样的时刻，对爱人的颂赞几乎不可能派得上用场：她们在晨曲与献殷勤的诗歌中全都失去了原貌；伪装在冗长、华美的名字之下，变得不可理解。至多，在黑暗中，仿若一个私生子的盈满双眸的、女人般的仰视。

然后，在用延迟的晚餐之前，对着这一双浸入银制洗手盆的手沉思默想。自己的手。是否能让它们彼此产生关联？一个后果、一个续篇，在手指抓放之间？没有。全都各自为政。全都互相抵消，没有剧情。

没有剧情，除了在受难兄弟会那儿。国王，就如同他观赏他们的演出，他也亲自为他们编造特许证。他称他们为他亲爱的兄弟；从未有人能跟他走得这么近过。他们收到明文许可，可以穿着戏服在凡俗大众间随意走动；因国王殷切希望的莫过于，群众也能受到他们的感染，参与他们伟大的演出活动，进入秩序井然的世界。至于他本人则是渴望向他们讨教。他不正是跟他们一样，在身上穿戴着代表一个特定含义的符号与服饰吗？当他两眼注视着他们的时候，就会在心中相信这些应都能学习得来：上台下台，念台词与转身换位，丝毫不带迟疑。巨大的希望涨满他的心胸。在三一医院这间烛光摇曳、奇异恍惚的大厅，他天天坐在位置最好的座位上，激动时还会猛然站起，犹如学生般的竭力控制自己。其他观众在哭泣；他则是内心充塞着晶莹的泪珠，只能将冰冷的双手在胸前交叠紧压，才能承受得住。有时在最激动的时刻，当一个念完台词的演员突然跨出他睁大的眼睛所及的视线范围，他抬起脸庞，受到惊吓：他站在那里已经多久了啊：Monseigneur Sankt Michaël（圣米歇尔先生），在上面，不知何时踏步向前靠在支架边上，身穿光可鉴人的银盔甲。

值此时刻，他坐得挺直。环顾四周，似要下个决定。他正临意识到台下上演着对应台上的戏剧之际：伟大、揪心的世俗受难剧，由他领衔主演。一切却戛然而止。所有人都无意识地移动着。明晃晃的火炬朝他迎面而来，在拱顶天花板上投射出扑朔迷离的阴影。陌生人拉扯他的衣裳。他想要演戏：但从他的嘴里没发出一丝声响，他摆弄不出任何手势。被他们这么古怪地簇拥推挤着，使得他兴起该背起十字架的念头。他还想等他们把十字架取来。但他们的力量更大，慢慢地把他推出了大厅。

63

外面许多事情都两样了。我不晓得是如何改变的。但在内心与你之前，神啊，在内心与你之前，观者：我们不是没有剧情吗？我们察觉到，我们不晓得自己是在扮演什么角色，我们寻找镜子，欲卸下浓妆，摘下虚假的面貌，以真实的面貌示人。但在我们身上的某个部位仍黏附着一小块之前的伪装，被我们所遗忘。一道夸张的痕迹还残留在我们的眉毛上，我们没留意到自己的嘴角是下弯的。我们就这么四处晃荡，一副嘲弄神情与半吊子的调调：既不是存在者，亦非演员。

这是在奥朗日剧场。我没抬头仰望粗糙的、如今作为门面的废墟高墙，仅怀着对其的意识穿越守卫的玻璃小门进入剧院。发现自己置身在倒卧的石柱雕像与矮蜀葵丛之间，但它们仅暂时遮蔽我的视线，我随即看见观众席如敞开的扇贝横卧在前，被午后阳光落下的阴影划分区块，宛若一个巨大的凹型日晷。我疾步走上观众席。在一排排座位之间往上攀爬，感到自己在这个环境中逐渐缩小。上面，比我的位置高些的地方，几名陌生人带着慵懒的好奇心稀稀落落地闲立；他们身上西装的颜色看来刺眼，不过他们的大小不值一提。他们盯着我瞧了一会儿，眼神透露出惊异于我的渺小。这使得我转过身去。

啊，我毫无准备。眼前这个演出。一出浩大的、一出超人的戏剧正在进行当中，这面雄伟的舞台高墙剧以垂直的架构三重登场，大得轰隆作响，过大的尺寸几乎具有毁灭性，却又蓦地无比适度。

我沉浸在幸福的惊愕中。这个在那头拔地而起之物与其阴影形成的宛若面容般的秩序，与汇聚于其中央口里的黑暗，上方以檐口的波浪齐整的卷发为界：是强大的、伪装一切的古典面具，世界倏地在其后集聚成脸。这头，于这个宽广的、凹入的半圆形观众席位区之上主宰着一个等候的、空虚的、吸收的存在：一切皆在那头发生：诸神与命运。从那边，越过墙脊，飘然而至（若抬头仰望）：苍穹的永恒进场。

这个时刻，我现在才明了，将我永远排除在我们的剧场之外。我在那儿又有何用？我能做什么，面对将这面墙（俄罗斯教堂的圣像壁）拆除的舞台，只因人们再也无力借其坚硬将气态的剧情压榨出浓稠饱满的油滴。现在碎石经由舞台的粗孔筛掉落下来，越堆越高，待累积到足够的量时就会被清走。这是硬生生的、无异于街头与屋内所上演的真实，唯有更多事件集中发生，胜于一个晚上通常可能会有的。

（我们就坦白承认吧，我们没有剧场，就如同我们没有神：这是同一回事。每个人都有其特别的想法与担忧，只就其认为有用与合适的程度透露给他人知晓。我们不断稀释我们的理解,以为这样可以使之浓稠,而不是呼求共同困境之墙,其后不可理解的事物有的是时间聚集与张紧。)[1]

我们如果有剧场的话,那么你,悲剧女伶啊,是否愿意一次又一次如此纤细地、如此赤裸裸地、如此没有假托角色地,站在那些从你展示的痛楚中,满足其性急的好奇心的观众之前?你,难以言喻的动人心弦的人儿啊,早已预见你受苦的真相,那时在维罗纳,你几乎还只是个孩子,登台演出,捧着一大簇玫瑰花在胸前,犹似一张该越发将你遮掩起来的面具正面。

没错,你是演员的子嗣,但你的家人在演出时,是想要被看见;你却另辟蹊径。你命中注定要从事这个职业,就像修女生涯之于并无预感的玛丽安娜·阿尔科福拉多,一个伪装,足够坚实耐用,以能在其后毫无保留地宣泄悲楚,怀着迫切之心,看不见的真福者借由它获得极乐。在你莅临登台的所有城市,他们都不倦于描绘你的肢体语言;却没领略到,你是怎样一天天愈加无指望地,一再举起一部文学作品于前,看看它是否能够遮掩你。你用

---

[1] 书写于手稿的页缘上。

你的长发、你的双手、随便一个不透明之物挡在透光的部位之前。你朝透明的位置呵气；缩小身体；躲藏起来，就像小孩子在玩捉迷藏，然后发出那一声短促的、欢快的呼喊，这时最多只有天使才能被获准寻找你。但，当你小心翼翼地抬头看，就了然于心，他们整段时间都一直在注视你，所有在这间丑陋的、空洞的、眸光闪烁的空间里的人：你，你，你，没别的。

于是你感到得向他们伸出手臂，微缩着，用手指比划着抵御邪恶目光的符咒。感到要从他们身上夺回你那张被他们的目光蚀损的脸。感到要做自己。和你对戏的演员全都丧失了勇气；仿佛是与一头母豹一同被关在笼里，他们沿着舞台背景匍匐前进，口中念出该讲的台词，只为了不要激怒你。你却抓住他们强行往前台拖去，然后晾在那儿，对待他们犹如对待真实的人。台上那些关不拢的门、做做样子的窗帘、没有后面的道具迫使你提出抗议。你感到内心的波涛不停地高涨，高涨至一个无以估量的真实，然后，受惊地，再次尝试从你身上摘除那些<u>丝丝缕缕的、宛如在晴和的秋日飘浮于空气中的长蛛丝一般的目光</u>——：观众却已因恐惧极端之事即将发生，而爆发出热烈的喝彩：就像赶在最后一瞬间规避那会迫使他们改变生活的冲击。

被爱者过得不好，且身处险境。啊，但愿他们能通过考验，成为爱者。爱者尽在安全的笼罩之下。再也不会有人怀疑她们，她们本身亦不会背叛自己。秘密在其内变得完好，她们宛若夜莺般地将之完整啼叫出来，没有支离破碎。她们的悲诉只为一人而发；整个大自然却都同声附和：这是为一位永恒者而发的悲诉。她们追赶抛弃自己而去的男人，才跨出最初几步就已追赶过他，前面就仅剩下神。她们的传奇无异于比布利斯的传奇，这名女子追踪考努斯远至吕西亚。在心的驱使之下，追随他的踪迹，穿越诸国，最终耗尽所有体力；但她满腔向前奔赴的心意是如此的强烈，使得倒卧在地的她于死后化为泉水再度冒现，湍急的，她化作湍急的泉水。

那位葡萄牙修女的命运又有什么不同呢：不也是于内在化作泉水吗？你呢，爱洛漪丝？还有你们呢，爱者们，你们的哀诉跨越时空传至我们耳里：嘉丝帕拉·史坦姆帕；迪伯爵夫人与克拉拉·但茱丝；路易丝·拉贝、马塞利娜·代博尔德、爱莉莎·梅库儿？但你呢，可怜的、流亡异乡的爱塞？你最初已心生迟疑，却还是屈从了命运。倦乏的茱莉·蕾丝比纳赛。幸福花园里的凄凉传说：玛莉-安娜·德·克莱蒙。

我至今还记得很清楚，有一次，很久很久以前，在家

《手记》节66

里发现一只珠宝盒；约双手并拢摊开的大小，扇形、深绿色植鞣革材质，压印宽边花纹装饰。我掀开它，发现：里面空无一物。经过这么多年以后，我现在可以这么轻易地说出口。但在当时，打开之后，触目所见的却是这个空无的组成：那是由丝绒，由微微隆起、不再闪闪发光的淡白色丝绒；由固定饰品的沟槽所组成，使得一丝忧伤更形鲜明、虚无地划过其中。眼前景象只堪忍受片刻。然而，面对那些身为被爱者且落居于后的人们，或许心中总是会有这样的感受吧。

67   把你们的日记本往前翻阅。不是总在邻近春天的时候会有一段时间，令你们感到新开始的一年仿佛在责难你们？你们内心燃起欢欣的兴致，然而，当你们踏出房门，走入辽阔的自由，却闻到空气中有一股疏远的味道，你们越往前走，迈出的步伐就越不稳，犹似在行船：花园里的植物开始复苏；你们（就是你们啊），却把冬天与前一年拖进花园；对你们而言，这至多不过是个延续。在你们等待心灵融入周遭期间，你们突然感到四肢的重量，与某丝像是可能生病的征兆侵入你们敞开的预感中。你们归咎于衣衫太单薄，将围巾披在肩上，在大道上跑将起来，直到尽头：然后立定，心脏扑通扑通地跳着，站在宽阔的圆形广场中间，抱定主意与万物合而为一。然而，一只鸟发出鸣叫，形单影只且否认你们。啊，那你们就非得死去吗？

或许。这或许是件新鲜事，我们安然度过：一整年与爱情。花朵与果实成熟时，从枝头掉落；动物互相嗅闻，认定彼此为伴，并心满意足。而我们，神给我们的使命，我们无法完成。我们推脱发展我们的天性，我们还需要时间。对于我们，一年是什么？一切又是什么？在还没开始转向神之前，我们即已向他祈祷：让我们安然度过夜晚。再是疾病。再是爱情。

克蕾蒙丝·德·布尔日命中注定要在含苞初放的时候即香消玉殒。她，无与伦比的人儿啊；通晓多种乐器演奏，技艺精湛，无人能及，极致甜美、轻柔的乐音从她的指尖宣泄而出，令人难以忘怀。她的少女情怀流露出如此高度执着的特质，激起一位女性爱慕者澎湃的情感，将一整本十四行诗题献给这颗崛起之心，每句诗行都脱胎于永不止息的渴求。路易丝·拉贝不怕揭露爱情的经久耐苦会吓着少女。向她展示渴望在夜里不断向上攀升；承诺少女痛苦将似一个更为浩瀚的宇宙；却隐约感到，她以其经验老到的痛楚落于朦胧未知的被期待的之后，后者让这位少女如此美丽。

68　　我家乡的女孩们啊。你们当中最漂亮的一位也许会在某个夏日午后，走进光线昏暗的图书室，替自己从书架上找出一本让·德·杜内斯于一五五六年印行的小书。带着这本触感清凉、光滑的书走出屋外，进入嗡嗡蜂鸣充盈的果园，或是走到草夹竹桃花丛边上，其散发出来的甜腻香气中落着纯蜜的沉淀。或许她早早就发现了这本书。在她开始会久久凝视镜中的自己，而稚气未脱的小嘴却依然会咬下大块苹果肉，把腮帮子塞得鼓胀的时日。

当结交知心密友、心中泛起阵阵涟漪的时期到来时，女孩们啊，以狄嘉、安娜克托莉亚、奇莉诺与阿缇丝相称，是你们之间的秘密。一名男子，也许是你们的邻居，一个上了年纪的男人，年轻时远走他乡，在乡里间早已被视为怪人，是他将这些异国情调的名字透露给你们知晓。有时他会邀请你们到他家去，品尝他出名的蜜桃，或欣赏他陈列在二楼白色长廊上里丁格绘制的马术版画，这个被众人竞相传诵，皆称值得亲眼一见的艺术收藏。

也许你们说服了他讲故事给你们听。也许就是你们当中那位央求他取出陈年旅行日记的女孩，谁晓得呢？也正是同一位女孩，有一天成功诱使他开口朗诵几段萨福流传下来的诗歌，并且不善罢甘休，直到从他口中获悉此秘密：这名过着退隐生活的男子之前在闲暇时间喜欢翻译萨福的诗歌自娱。他必须承认已有许久没再想起此事，并且再三强调已译好的诗稿不值一提。但现在他却乐于，她们若是催得紧的话，给这些天真烂漫的小女友们开口朗诵一段诗歌。他甚至还能在记忆深处觅得希腊原文，背诵出来，因他认为译文无法传达本来的音韵效果，借此向这些少女们展示这个在熊熊烈焰中锤炼出来的、具有厚重装饰风格的语言美丽、真实的断面。

  这一切重又点燃起他对这个工作的兴致。他迎来近似青春的美好黄昏，譬如在秋季的傍晚，等在他前面的是许许多多宁静的夜晚。于是他的书房就会长时保持灯火通明。他并不总是埋首伏案，而是常常靠在椅背上，闭眼回味刚刚重温过的一句诗行，让其含义在血液中散布开来。对他而言，古希腊时期从未像此刻这般明确。他几乎想要对那些仿佛失去了一出他们乐于参演的戏剧而痛哭的世代报以微笑。在这个当下他掌握了那个早期一统世界的活力之道，它就像是一个崭新的、同时吸纳所有人类工作的体系。他也不会被该文化在一定程度上一贯的全体可视化，在许多后世人看来似乎建构出一个整体与一个整体中的过往所迷惑。虽然那里确实将人生的半边天界与存在的半圆表壳相衔接，犹如两个饱满的半球合并成一个完整的金球。然而，这个理想并没真正实现，因而令封闭其中的

《手记》节68

精神感到它的彻底实现仅只是个譬喻；巨大的天体失重升空，在其金光闪闪的球面上默默地映照出那还未完成的目标之悲哀影像。

念及此，孤独者在他的夜晚，思索与顿悟之际，留意到窗台上的一盘水果。不禁从中抓起一颗苹果，放在他面前的桌上。我的生命又是如何环绕着这颗水果呢，他自忖。未做之事环绕着所有已完成的，越来越多且数量还不断地向上攀升。

而于所有未做之事之上，娇小的、向无限延伸的形象向他显现，几乎太急促，那位所有人（根据盖伦的证词）口中的：女诗人。因就如同在赫拉克勒斯完成其伟业之后，世界的拆毁与重建在热切渴望下相继出现，极乐与绝望，世世代代不得不应付的两极情感，也从存在的库藏涌向她的心之壮举，以期能被活过。

他突然能理解这颗坚决果敢之心，其准备将爱情完整执行到底的毅力。也不诧异世人会对它误解；世人在这位极其未来的爱者身上只看到超出尺度，而没看见对爱与心痛的全新计量单位。他们以彼时勉强可以理解的想法，解读其存在的墓志铭，最终将她的死归类于那种受到神的垂顾，不求回报地超越自身去爱的女子之死。也许甚至在她的女弟子当中也有人没理解到：在她行动的巅峰，她所悲叹的并不是一个让她拥抱落空的人,而是他不再可能胜任她的爱。

此时沉思者从椅子上起身,踱至窗边,他挑高的房间对他来说还是太局促,他想仰望星辰,如果有的话。他并不自欺欺人。他知道这个动作之所以能够满足他,是因为邻居少女中有一位触动了他的心。他有一些愿望(不是为自己,不,而是为她);为了她,他在刚过去的夜间一个小时体会到什么是爱情的条件。他打定主意不对她透露一个字。他感到能做的,只有独自一人,清醒,因她之故沉思默想,那位爱者是多么正确啊:当她明了,结合意谓孤独的增长时;当她以性的无穷尽之意图打破其一时的目的性时。当她在拥抱的黑暗中挖掘的,并非餍足而是渴望时。当她鄙视,一对情侣的结合是由一位爱者与一位被爱者所组成,而将虚弱无力的被爱者背去卧榻,以自身的炽热鼓舞她们成为爱者,之后离她而去时。这样崇高的告别使得她的心成为大自然。超越命运的羁绊,她为拜在门下多年的心爱女弟子们吟唱新娘之歌;拉高她们婚礼的层次;夸赞她们身边的丈夫,以使她们振作起精神,像对待一位神明一样地对待他,且也能安然度过其辉煌。

·

阿伯珑妮,在最近几年中,我再一次感觉到你且理解你，毫无预期地，在经过这么长的一段时间都没有再想起你来以后。

那是发生在威尼斯，秋季，一个让异乡人暂时欢聚的沙龙，主持沙龙的女主人同样也来自外地。这些宾客端着茶杯随意闲立，每当旁边一位见多识广的客人将他们的身体佯装无事地短暂转向房门，对他们耳语一个听起来威尼斯风格的名字时，他们还会因此心中飘飘然。他们已有心理准备听到最显赫的名字，没有任何事会令他们吃惊；因无论自身经历还多么贫瘠，来到这座城市，他们就会立即变得无拘无束起来，听任自己纵情于最离奇的际遇。在他们所过的平凡人生中，他们屡屡将不寻常的事物与禁忌的事物两相混淆，使得对神奇美好的、此刻允许他们一窥真貌的事物之期待，在他们脸上化为粗野、放肆的表情。本来在家乡只有听音乐会时才会瞬息掠过他们面庞的，或是独自读小说才会冒现的神情，此刻在备受奉承的氛围感染下，被他们视作理所当然地公开示众。就如同他们在毫无防备、没意识到危险的情况下，任凭自己接受音乐几能致命的倾诉衷曲之诱惑，仿佛面对的是肉体的泄密，他们也在丝毫没领略到威尼斯的本质之前，就将自己完全交付给贡多拉值得一试的昏厥状态。已不再是新婚燕尔、旅行途中一直唇枪舌剑的夫妻，这时都沉浸在默然的互相包容

220　　　　　　　　　　　　　　　　　　《手记》节69

中；回忆起以前的理想，适意的倦怠感袭上这个男人，而她则是觉得自己顿然又年轻了，面带微笑地对慵懒的当地人点头示意，鼓舞他们向自己献殷勤，仿佛她的牙齿是蜜糖做的，不断融化。而如果竖耳细听，就会发现他们在讨论明天或者后天或者周末启程离开。

  我置身在这些人之间，高兴自己不用离开。很快天气就会转凉。这个脱胎自外国人成见与需求的酥软的、吸食鸦片的威尼斯将与这些昏昏欲睡的外国人一同消失，另一个就会在某天清晨出现，真实、清醒、矜持得即将崩裂、一点也不令人梦寐以求：在虚无当中、下沉的林地上起念动念、克服万难筑起、最终屹立的威尼斯。这结实打造、缩限于最必要结构的躯体，值夜哨的军械库替其输送运作所需的血液，与这个躯体渗透人心的、不断扩展的精神，比弥漫在香料国度空气中的香气还更浓烈。这深谙谋略的城邦，以其贫瘠的土地出产的盐与玻璃与其他的民族交换珍宝。这世界的美丽的平衡力量，直至外在装饰皆满载潜在的能量，透过盘根错节的神经网络遍及各个角落——：这座威尼斯城。

  意识到自己认出这个真相，令身处于所有这些自我蒙骗的人们当中的我感到如此强烈的矛盾冲突，不禁抬眼看看是否有可能一吐为快。在这些厅堂里，难道就不会有一个人不由自主地在内心期待着有人向他阐明这个所处环境的本质吗？一个年轻人竟能迅速领悟到敞开在这里的并不是享乐，而是意志的典范，再也找不到还有比这里更来得对自我要求与严苛的地方？我来回踱步，我察觉到的真相令我感到不安。因在这么多人当中，它竟就揪住我，带着能够被倾吐出来、辩护与证明的愿望。这个怪诞的想法浮现在我脑海中，令我不禁在下一刻就要因对众口传讹之误会的憎恶，而将两只手掌奋力一拍了。

正处在这种可笑的心情中，我留意到她。她独自站在一扇被灯火照得亮晃晃的窗前打量我；并不是用她那双严肃沉思的眼睛，而是用嘴，这张嘴显然是在讥讽地模仿我脸上生气的表情。我立即察觉到自己的神情中不耐烦的紧绷，换上一个平静淡然的表情，她的嘴也随之恢复自然的唇形，并显露高傲之气。然后，在短暂的犹豫之后，我们同时向对方泛起微笑。

她令我，可以这么说，联想起美丽的班妮狄特·冯·克娃伦年轻时的一张肖像，这位曾在巴格森生命中扮演过重要角色的女子。看见她双眸里深沉的宁静，很难令人不去猜想她应当也拥有一副清澈深沉的嗓音。顺道一提，她的发辫以及浅色衣裳的领口剪裁十分具有哥本哈根风，我决定用丹麦语跟她攀谈。

但我还没走到距离她够近的位置，就有一群人从另一边朝着她蜂拥而去；我们好客的伯爵夫人，以她一贯心不在焉的态度，又透露出温暖与难掩兴奋之情，亲自率领一伙助阵者向她积极游说，欲将她立即引往安排唱歌的位置。我确信这位年轻女孩肯定会以宾客中不会有人有兴趣听丹麦文歌曲为理由婉拒。轮到她开口讲话时，她确实也如此回道。围绕在这位醒目的人儿四周的众人催促得更殷切了；有人知道她也会唱德文歌曲。"还有意大利文"，一个笑盈盈的声音掺着不怀好意的确定语气这么补充道。我想不出自己希望她还能找到什么推托之辞，却不怀疑她仍会继续拒绝。说客长时保持的微笑已松弛下来，一股干涩的受挫感逐渐在他们的脸上散布开来，为了不失体面，善良的伯爵夫人已经摆出同情与威严的态度退开一步，就在这一刻，当已不再必要时，她却让步了。我感到自己失望得脸色苍白；我的眼神充满责难，不过立刻调转头去，没必要让她瞧见。她却挣脱了其他人的包围，顷刻间就来到我身边。她浅色衣裳的反光映照着我，身上散发出温暖的花香气息萦绕着我。

"我真的想唱，"她贴近我的面颊用丹麦语这么说道，"并不是顺应他们的要求，也不是虚应了事：是因为我现在必须唱。"

《手记》节69

从她的话语中爆出隐含怒气的不容异议，跟她刚刚把我从中解放出来的情绪一模一样。

她在那群人的簇拥下逐渐远去，我跟在他们后面慢慢前进。却在走到一扇高大的门边就止步，让其他的人继续往前挪动，排列。我倚靠在乌亮鉴人的门扉上等待。有人向我探询里面正在准备什么，是否将有人唱歌。我佯装并不知情。正当我还在扯谎时，她已经开口唱了。

我看不见她的身影。一首歌曲逐渐填满这间厅堂，是那种会让异乡人认为道地意大利歌曲中的一首，因是如此明显地符合对这个国度的想象。唱着这首歌的她却不作此想。她唱得很费劲，唱得太用力了。从前面传来鼓掌声，可知曲子终了。我感到悲伤与羞愧难当，听众里出现些许骚动，我决定若有人离开，也跟随加入。

厅内却突然又静了下来。一片寂静，是刚才还没人认为可能会出现的寂静；它延续，张紧，此时在其中扬起了一个歌声。（阿伯珑妮，我心想。阿伯珑妮。）这回它强劲有力、饱满，却不滞重；一气呵成，没有断裂，没有接痕。是一首并不出名的德文歌曲。她唱得异样的轻松，似是某种必然而然。她唱道：

　　你，我不向你诉说，我夜里

躺在床上哭泣，
你的举动令我疲倦
犹似摇篮。
你，不对我透露，当
因我之故清醒难眠时：
我们若没让这华美
得到满足，又怎能在心里
承受得住？

（暂停且迟疑地：）

你瞧这些恋人，
他们才开始表白，
就已相互欺骗。

再度寂静。神知晓，是谁造就了这片寂静。然后，听众开始蠢蠢欲动，互相推挤，致歉，咳嗽。他们弄出来的声响将要化作一片模糊的嗡嗡声时，这时爆发出一个歌声，坚决、宽广又紧凑：

你让我备感孤独。唯一一位我会混淆的是你。

《手记》节69

一阵子是你，再又是窸窣作响，
　　抑或是一阵余香散尽。
　　啊，她们全都脱离了我的怀抱，
　　唯独你，将一再诞生：
　　因我从未留住你，故能紧紧抓住你。

　　无人预期到。似乎所有人都臣服在这个歌声之下。到最后，她心中有如此庞大的确信，就像是多年以来，她一直都知道会在这一刻派上用场。

70　　以前我有时会自问，阿伯珑妮为何不将她那卓越的情感能量投注在神身上。我知道，她渴望除去她的爱情中一切及物的，但她那颗诚实的心会让她欺骗自己，神只是爱的一个方向，不是爱的对象吗？她难道不知道，无须害怕获得他的回报吗？她难道没看出这位优越的被爱者的克制，推迟满足的喜悦，以让我们这些迟缓者完成我们整颗心吗？抑或——她想要回避基督？她担心被他半途拦住，在他身上成为被爱者吗？所以她才不愿回想起朱丽·雷文特洛吗？
　　我几乎会这么相信，如果考虑到一位如梅希特希尔德这般单纯的爱者、一位如亚维拉的德兰这般感人的爱者、一位如真福者利马圣罗莎这般伤痕累累的爱者，皆在此神的宽慰前倒下，顺从，委身被爱。啊，他对于弱者是援助者，对于这些坚强的女子却是不公；在她们已别无期待，除了走上无尽的道路时，满心期待又紧张地踏入天国的前庭却又有一位化成肉身者迎向她们，以提供下榻休憩处宠溺她们，以男性的魅力迷乱她们。她们的心射出的平行光束在他的心之透镜的强烈折射下重又集聚，而她们，天使已希望将她们完整保留给神，在她们渴望的干枯中点燃焚烧。

（被爱意谓燃烧。爱则是：燃油不竭的照明。被爱短暂即逝，爱则长久持续。）[1]

有可能，阿伯珑妮在后来的岁月为了悄悄地与间接地与神建立起关系而尝试以心来思考。我能想象，她写有让人联想起阿玛莉·嘉利琴公爵夫人记录了缜密的内在观想的信件；但如果这些信是写给这些年来与她关系密切的人，他将将因为她的这种转变而痛苦。而她自己呢：我猜想，她害怕的唯有那种如幽灵般的改变，没被人注意到，因他们不断忽略所有这种转变的证据，就像对待最陌生的事物。

很难说服我，不将浪子回家的故事视为一位不愿被

---

[1] 书写于手稿的页缘上。

爱者的传奇。因他是个孩子，家里所有人都爱他。他渐渐长大，所知仅此，习惯于被他们当作心头肉，因他是个孩子。

但他长成少年时，就想戒除他的习惯。他也许不会这么说，但当他整日在外游荡，连狗儿也不愿带上时，就是这么回事，因它们也爱他；因它们注视他的目光中同样也掺杂着观察与参与、期待与担忧；因在它们面前无论做什么，同样也会引起它们的开心或伤心。但他当时以为这是发自内心的淡漠，这种情感有时一早攫获徜徉在原野上的他，如此的纯粹，令他不禁开始狂奔，让自己喘不过气来，无暇成为比一个轻盈的瞬间更多的存在，意识到早晨的瞬间。

他未来的人生奥秘展现在他眼前。不知不觉地，他离开了小径，走进原野深处，张开双臂，仿佛以这样的身体宽幅可以同时胜任若干方向。然后，扑倒在任意一棵灌木丛后面，无人理会。他给自己削一根芦笛，朝一头小型猎食动物投掷石子，俯身向前，逼迫一只在地上爬行的甲虫掉头改道：这一切皆与命运无涉，天空悠悠行经他头上，一如行经大自然。最后，下午来临，连同各式各样的奇想；他是托尔图加岛上的海盗，当海盗不需尽任何义务；他攻打坎佩切，征服韦拉克鲁斯；他可能是整支大军，或骑着骏马的指挥官，或航行大海的船舰：端视他当时的感觉而定。而他若兴起了跪下的念头，就即刻化身为迪达突斯·冯·哥桑，杀死恶龙，满身大汗，听人谈论此种英雄气概傲慢，一脸桀骜不驯。每个场面该有的细节，他无一省略。而尽管幻想连篇，其间总有仅仅做一只鸟的空档，并无特定要做哪一种。只是还是到了得踏上返家之路的时刻。

神啊，该摆脱与遗忘的事是如许繁多啊；因彻底忘记是必要的；否则，如果他们逼问的话，他就会泄露实情。而无论他怎样的拖延与环顾踌躇，家屋的三角墙终究还是映入眼帘。楼上的第一扇窗盯着他瞧，兴许有人站在那里。狗儿们，胸中满涨着积累了一整天的殷盼，穿过灌木奔驰而来，将他赶回它们心目中的模样。剩余的工作就交由家屋完成。只要踏进家中弥漫的气味，就大势底定。细节可能还有所变动；但整体而言，他已是他们以为的那位家里人了；那位他们从他小小的过往与他们本身的心愿早已替他做妥了一个人生；全家共有之人，日日夜夜处在他们的爱之强烈影响下，夹在他们的期望与猜疑之间，面对他们的指责或赞许。

所以，就算他小心翼翼地不弄出半点声响登上楼梯，也无济于事。全家人都会聚在客厅，只要一打开门，他们就会把头转过来，瞧向门口。他留在黑暗里，等待他们发问。但迎来的却是最恼人的。他们挽着他，把他拉至桌边，所有在场者都好奇地在灯前伸长脖子。他们都处于被阴影掩护的有利位置，而拥有一张脸的所有耻辱，随着灯光，就只落在他的头上。

他要留下来吗，自欺欺人地将他们给他规划的人生大抵照着完成，整张脸都变得跟他们所有人神似？他要将自己一分为二，一方面呵护从自己意志长出的稚嫩真实，另一方面顺应拙劣的、复将此真实从他身上抹灭的欺骗吗？他会终将舍弃成为这个可能会给只剩下一颗脆弱的心的家庭带来伤害的人吗？

不，他要离家出走。譬如说，正值他们所有人为他忙着布置庆生桌的时候，用那些胡乱挑选、以为可以再次弥补一切的什物。永远地出走。许多年以后，他才明白，自己当时是怎样毅然决然地打算永远不再去爱，以避免将一个人推入可怕的被爱处境。又过了数年之后，他才领悟，就如同其他的决心，这个一样不可能贯彻到底。因他爱过，出于寂寞一次又一次地爱，每一次都挥霍了他全部的天性，并担受难以言喻的害怕，害怕可能损害对方的自由。渐渐地，他学会用感情的光芒照穿所爱的对象，而不是让这个对象在其中融蚀。透过被爱者益发晶莹剔透的形象，他识得了开启其无尽的占有欲后的豁然开阔，在这种喜悦之中感到无上的宠溺。

于是，他夜夜渴望也能被如此的光芒照穿而哭泣。但，一位迁就的被爱者远非爱者。哦，绝望之夜，在这样的夜里，他将先前倾泻而出的赠予一件件收回，它们因无常而沉重。然后又回想起游吟诗人，他们心中最惧怕的，莫过于倾慕得到回应。他把所有赚取与累积的金钱都投掷在避免再有这样的经验上。以粗暴鲁莽的支付来使被爱者们伤心，日复一日担忧着她们可能会尝试接受他的爱。因他已不再抱有希望，能遇上突破他怀抱的爱者。

甚至在那段贫穷日日以新的残酷恐吓他的时期，那时他的头颅已成为不幸最眷恋之物，被摧残得伤痕累累，身上到处都长出脓包，犹似应急之眼对抗灾难降临时的黑暗，那时他见到垃圾堆会不禁悚然，人们将他弃之于上，因他与它们是同类：甚至在那个时候，如果他仔细思索，他最大的恐惧仍然是获得回应。所有从那时开始降临的黑暗不正是对抗浓得化不开的忧伤吗，由在怀中失去一切的拥抱所引发的？他不是每次醒来，都带着没有未来的心情吗？他不是漫无目标地四处游荡，无权要求遇上所有危险吗？他不是不下百次地承诺不寻死吗？也许就是这份执拗，在被唤醒之间要求保有一席之地的不愉快的回忆，让

《手记》节71

他在垃圾残渣堆中度过的生命得以延续下去。最终，人们再度见到他的身影：并且直到，直到成为牧羊人的那段岁月，他纷扰的过往才平息下来。

谁来描述当时发生在他身上的经历？哪位诗人具有这样的说服力，能将他那时所度过的每一日的漫长与生命的短暂调和一致？哪一种艺术足够广阔，能同时召唤他披着斗篷的瘦削身躯与其浩大之夜的整个超空间。

在那段时间，他开始觉得自己平凡与无名，犹如缓慢复原的病人。他不去爱，除非他爱的是存在。他没把他的羊群低等之爱放在心上；它就像阳光穿透云层，漫射在他的周围，温柔地洒在草地上，微微闪烁。追随着它们无邪的、被饥饿驱使的足迹，他沉默地踏遍世界牧场。异乡人看到他出现在卫城，也许有很长的一段时间他都在莱博放牧，目睹遗迹石化的时间比显赫家族的延续更长久，这个家族以所有赢得的七与三仍无法战胜其纹徽上星星的十六道光芒预示的噩运，或者我该把他想象在奥朗日，倚靠着乡野间的凯旋门休息？我该看见他置身在阿利斯康的亡灵安眠的阴影中，视线追逐一只在敞开的、犹似复活者的坟塚间飞翔的蜻蜓？

无论如何。我看见的不仅是他，我看见其存在，那时正对神开始展开漫长的致爱，这个沉静、无目的之工作。

232 《手记》节 71

因在他内心增长的别无他法之感再次攫获了他，这位本想永远平淡度日的人。而这一次他希望能够获得回应。他那因长期孤独而变得具有预感能力与坚定不移的本性，没有一丝犹疑地向他保证，他现在心中所想的那一位懂得以爱之光芒穿透与辉耀所爱。当他渴望终能接受如此卓越的爱之洗礼时，他那对保持距离再熟悉不过的感觉，却让他领会他与神之间有着最遥远的距离。夜来了，他认为必须朝着他，将自身抛向浩瀚的宇宙；充满发现的时辰，他感到自己强大得可以潜入其中寻找地球，让它乘着他心头刮起的海啸上扬。他就像是一位听见一种美妙语言而狂热地打算以它来写诗的人。尚不知即将面临的沮丧，因体验到这个语言是多么的艰深；他原先还不愿相信，可能要度过漫长的一生，才能造出最初的、简短的虚句，而且还没有意义。他一头栽进学习当中，犹似跑者投身比赛之中；但必须克服的重重障碍，拖慢了他的速度。再也想不出还能比此初学更低声下气的态度了。他寻获了哲人石，却被强迫将他的幸运在反掌之间炼成的黄金不停地再还原成磨炼耐性的铅块。他，已适应了宇宙的浩瀚，却像是一条蠕虫般地在弯弯曲曲的穴道钻动，没有出口与方向。如今，在他这么艰苦卓绝与满怀忧伤地学习如何爱之后，他始明白从前所有经历过的误以为努力成就的爱，是多么的草率与低微。因就如同不可能无中生有一般，他并没开始在它们身上下功夫与实现它们。

　　这几年间，他的内心世界出现了巨大的转变。在举步维艰地接近神的工作中，他几乎忘却了神，他希望透过时间的付出而或许能在神的身上获得的只是"sa patience de supporter une âme（法：他对一个灵魂容忍的耐性）"。命运带来的意外，那些被人们在意的，早已从他身上脱落，但现在，甚至在激发乐趣与痛苦上有其必要添加香料而有的怪味也消失了，对他而言，变得纯净与滋养；从他存在的根部长出由愉悦孕育出来的坚忍的耐冬植物。他一心一意地致力于掌握其内在生活的所有构成，不愿有任何的省略，因他毫不怀疑一切之中存在着他的爱，并在增长。是的，他心中有着如此大程度的把握，使得他决定弥补以前无能为力而不断被搁置的事情当中最重要的。他尤其想起他的童年，他越是静心思索，童年时光越令他感到虚度；他所有的回忆都附着着一层预感的模糊影子，而那些被视作已逝的，反倒使它们几乎变成未来的。将这一切再次且确实地承担起来，即是这位已变成陌生人的男子为何返家的理由。我们不知道，他是否会留下；我们只知道，他回来了。

　　历来讲这则故事的人讲述到这里时，都试图让我们回忆起他家里以前的模样；因时光在那里不过稍许流逝，屈指可数的时光，家中所有的人都能说得出数目。狗儿们都老了，但都还活着。据说有一只还嗥叫起来。日常的工作都被打断了。窗后出现几张面容，变老的与变成熟的脸，彼此间感人的相像。在一张布满皱纹的脸上突然闪现认出的神情而转为苍白。认出？真的只有认出吗？——原谅：原谅什么？——爱。天啊：爱。

他，被认出者，以他如此的满腹心事，并没想到：爱居然还在。可以理解，所有接下来发生的事情，只有这一个被流传下来：他的举动，这个闻所未闻的举动，前所未见的；恳求的举动，他做出这个举动，扑倒在他们的脚前，恳求他们不要爱。他们受到惊吓，犹豫不决地扶他起来。用他们的想法来解释他这个激烈的反应，认为是由于他们的原谅。对他而言，所有的人都误解他了，必是极大的解脱，即便他的行为显现出如此绝望的明确。也许他能够留下来。因为他一天比一天更加清楚地体认到，这个爱与他并无关涉，这个他们如此沾沾自喜且暗地里互相鼓励的爱。如果他们还得费劲的话，几乎令他不禁要微笑起来，显然的，他们并不怎么在指他。

对于他是谁，他们又知晓些什么呢。他现在很难成为被爱的对象，他感到只有一位有能力。而这位却还不愿意。

译后记

　　这部小说的翻译委托来得突然,倒抽一口气,无形中骇然后退三步,为直觉的反应。

　　　这一切皆是委托的任务。
　　　然而你能胜任吗?

　　《杜伊诺哀歌》中的提问亦是我当时的自问。虽结识并钟爱此部被誉为现代主义小说先驱之一的杰作已近四分之一个世纪,还因此与作者缔下不解之缘,然而自觉时候未到,尚未准备好攀爬这座崎岖的高峰。
　　那时是2015年12月初,台北。
　　译笔遂先绕往诗人之后的两部诗歌扛鼎之作,却不得不回返。

分水岭必得先通过。

一开始平坦的山路不多时即转入黑暗丛林。泥泞中跋涉前进，偶尔的和煦春日短暂即逝。不断攀爬，一峰接着一峰，罕有下坡。险峻的悬崖峭壁与耳边寒风呼啸威胁，坠谷笔断随时可能，蜗行痕迹的掩没竟成心中最大的隐忧。

抵达终点画上的句号宛若明亮的洞口，身后是随同马尔特一路跌撞踉跄的地狱行，除却其间半年时光岔路重返世间、讲台的停顿喘息。

那时是2018年2月春节前夕，中坜。

然而，诚如里尔克所言，"我们所有的认识都是后见之明"，对《马尔特手记》第三次的认识之旅才正要开始。

由回溯出走的抵达起始，而以虚拟的返家作终。

一趟从巴黎数度放射状地向外移动，最终止步于圣经场域的孤独行旅。

譬如。

散落在一位年轻异乡人巴黎下榻处书桌抽屉内的零星手稿。

"一幅存在草图"（ein Daseinsentwurf）。

诗人如是解释。

从前莫名所以地深受吸引的阴郁迷雾，透过译笔一点一滴、一石一草地触摸，拼图板块仿若马尔特对布莱宫的记忆碎片逐一聚拢凑齐。原先看似沉落晦暗阴影、化为虚无的整体轮廓曲线，在距离的审视下赫然逆转上扬为救赎的升华，犹似焚毁殆尽的舒林宫在大雾中重新矗立。

最后，感谢我母亲在我人生黑暗的时刻给予我的支持、李亚南女士的询问、金宇澄老师与黄德海老师在发表上的协助，以及肖海鸥老师对我译稿的青睐与策划。若无他们的助力，这本译作恐怕难以问世，自德返台后冥冥之中一路颠簸通向的目的地也才能真正抵达。衷心感谢。

谨将此译作献给先父唐毅雄先生与母亲吴月美女士。

2021年2月19日写于芜湖

补记：付梓前，我再又带着审视的眼光一步一步地重新走过马尔特的孤独行旅，呈现在读者面前的即为此次重游的成果。另还想向执行编辑余静双的辛劳特别致谢。

2023年10月26日　台湾

译名对照表

A

阿伯珑妮 Abelone

阿尔吉利 Argilly

阿拉斯 Arras

阿朗松针 Points d'Alençon

阿利斯康 Allyscamps

阿马林街 Amaliengade

阿玛莉·嘉利琴 Amalie Galitzin

阿缇丝 Atthis

埃尔诺 Ernault

艾立克 Erik

艾伦·马斯文 Ellen Marsvin

爱莉莎·梅库儿 Elisa Mercœur

爱洛漪丝 Heloisen

爱塞 Aïssé，即 Charlotte Aïssé

安娜克托莉亚 Anaktoria

安娜·索菲 Anna Sophie

奥克斯 Oxe

奥朗日 Orange

奥利维耶·德拉马尔什 Olivier de la Marche

奥列嘉·丝姬儿 Öllegaard Skeel

奥图·布莱 Otto Brahe

B

巴格森 Baggesen

拔摩岛上的圣约翰 Johannes auf Patmos

班妮狄特·冯·克娃伦 Benedicte von Qualen

班什 Binche

贝蒂娜 Bettine

贝都因 Beduinen

贝尔玛侯爵 Marquise von Belmare

贝里 Berry

比布利斯 Byblis

比尔 Bille

伯恩斯托夫 Bernstorff

勃艮第 Burgund

布莱 Brahe

布莱德街 Bredgade

布萨克 Boussac

C

查理六世 Karl der Sechste，即 Charles VI

慈悲·圣·朱莲 Saint-Julien-l'Hospitalier

D

大胆查理 Karl der Kühne

德尔·威斯特 Delle Viste

狄嘉 Dika

迪伯爵夫人 Gräfin Von Die，即 Comtessa de Dia

迪达突斯·冯·哥桑 Deodat von Gozon

底比斯 Thebais

第戎 Dijon

杜华 Duval

多林恩斯崔维尔街 Dronningens Tvaergade

E

俄南 Onan

F

菲力斯·李奇洛夫斯基 Felix Lichnowski

菲利浦·冯·巴登 Philipp von Baden

费利克斯·阿韦尔 Felix Arvers

佛兰德 Flanders

弗雷德里克四世 Friedrich der Vierte

妇产医院 Maisond'Accouchement

富瓦伯爵 Grafe von Foix

G

盖伦 Galien

格朗松 Granson

格里戈里·奥特列皮耶夫 Grischa Otrepjow，即 Grigory Otrepyev

格鲁伯 Grubbe

根特 Gent

H

海恩立克·哈洛克 Henrik Holck

海尔褒·克拉菲瑟 Hilleborg Krafse

赫拉克勒斯 Herakles

汉斯·乌利克 Hans Ulrik

J

基尔斯滕·蒙克 Kirstine Munk

吉安-巴蒂斯塔·科隆纳 Gian-Battista Colonna

吉永堡 Château-Guyon

加斯顿·弗布斯 Gaston Phöbus

加斯帕拉·斯坦帕 Gaspara Stampa

K

卡尔德隆 Calderon

卡伐利尔 Cavalier

卡帕齐奥 Carpaccio

坎波巴索 Campobasso

坎佩切 Campeche

康拉德·雷文特洛 Conrad Reventlow

考努斯 Kaunos

克拉拉·但茱丝 Clara d'Anduze

克莱沃 Cleve

克劳斯·达 Claus Daa

克蕾蒙丝·德·布尔日 Clemence de Bourges

克莉丝汀·布莱 Christine Brahe

克里斯蒂安四世 Christian der Vierte

克里斯蒂娜·德·皮桑 Christine de Pisan

克洛维 Clodwig

库迈 Cumäa

L

拉瓦特 Lavater

拉辛路 Rue Racine

莱奥诺拉 Eleonore，即 Leonora Christina Ulfeldt

莱博 Baux，即 Les Baux

里丁格尔 Ridinger

利百加 Rebekka

利马圣罗莎 Rose von Lima

利尼 Ligny

鲁比 Lupi

鲁尔德 Lourdes

路斯塔格 Lystager

路易十一 Louis-Onze

路易丝·拉贝 Louize Labé

吕西亚 Lykien

罗森克朗兹 Rosenkkrantz

罗斯基勒 Roskilde

罗泽贝克 Roosbecke

洛林 Lothringen

洛桑 Lausanne

M

马奈 Manet

马塞利娜·代博尔德 Marceline Desbordes

玛蒂德·布莱 Mathilde Brahe

玛格丽特·布里格 Margarete Brigge

玛莉-安娜·德·克莱蒙 Marie-Anne de Clermont

玛丽安娜·阿尔科福拉多 Marianna Alcoforado

玛丽娜·姆尼舍克 Marina Mniczek

玛丽亚·娜加娅 Marie Nagoi

梅希特希尔德 Mechthild

莫罗 Moreau

N

纳波莱奥内·奥尔西尼 Napoleon Orsini

南锡 Nancy

尼古拉·库兹米奇 Nikolaj Kusmitsch

涅克拉索夫 Nekrassow

诺尔德 Nolde

O

欧伦施莱厄 Öhlenschläger

P

皮耶·德比逊 Pierre d'Aubusson

Q

奇莉诺 Gyrinno

乔治 Georg

R

让·德·杜内斯 Jan des Tournes，即 Jean de Tournes

让·沙利耶·热尔松 Jean Charlier Gerson

日德兰 Jütländ

S

萨伯特 Salpêtrière

萨根 Sagan

塞夫尔 Sèvres

塞纳河路 Rue de Seine

桑利斯 Senlis

沙克–施塔费尔特 Schack-Staffeldt

圣保罗宫 Hôtels von Saint-Pol

圣宠谷军医院 Val-de-grâce, Hôpital militaire

圣但尼 Saint-Denis

圣但尼街 Rue Saint-Denis

圣路易 Hl. Ludwig

圣米歇尔 Sankt Michaël

圣米歇尔大道 Boulevard Saint-Michel

圣日尔曼 Saint-Germain

圣叙尔比斯 Saint-Sulpice

圣雅克路 Rue Saint-Jacques

圣约翰 Jean de Dieu

史登 Sten

史登·罗森斯派尔 Sten Rosensparre

舒林 Schulin

舒伊斯基 Schuiskij

司各特 Walter Scott

斯威登堡 Swedenborg

苏菲 Sophie

索罗 Sorö

T

塔兰托 Tarent，即 Tarento

田野圣母院路 Rue Notre-Dame-des-Champs

图利耶路 Rue Toullier

托尔图嘉 Tortuga

W

瓦茨拉夫 Wenzel，即 Wenceslaus

瓦朗谢讷 Valenciennes

瓦伦蒂娜·冯·奥尔良 Valentina von Orléans

瓦伦蒂娜·维斯孔蒂 Valentina Visconti

韦拉克鲁斯 Veracruz

维拉·舒林 Wjera Schulin

维罗纳 Verona

卫城 Akropolis

魏尔伦 Verlaine

沃尔密斯 Wormius

乌尔菲尔特 Ulfeldt

乌楞克罗斯特 Urnekloster

乌里 Uri

乌利克·克里斯蒂安 Ulrik Christian

乌利希 Ulrich

乌斯加尔德 Ulsgaard

X

西比勒 Sibylle

西莱斯廷会 Cölestiner

西维尔森 Sieversen

席勒 Schiller

小女王 parva regina

殉道者街 Rue des Martyrs

Y

亚维拉的德兰 Therese von Avila

耶斯佩森 Jespersen

伊凡雷帝 Iwan Grosnij

尤尔 Juel

Z

朱丽·雷文特洛 Julie Reventlow

朱维纳尔·德·乌尔辛斯 Juvenal des Ursins

茱莉·蕾丝比纳赛 Julie Lespinasse

卓伊 Zoë

图书在版编目（CIP）数据

马尔特手记 / (奥地利) 里尔克著 ; 唐际明译. --上海 : 上海文艺出版社, 2024
（艺文志. 心爱的作家）
ISBN 978-7-5321-8293-0

Ⅰ.①马… Ⅱ.①里…②唐… Ⅲ.①长篇小说—奥地利—现代
Ⅳ.①I521.45

中国国家版本馆CIP数据核字(2024)第008055号

发 行 人：毕　胜
策划编辑：肖海鸥
责任编辑：余静双
营销编辑：叶梦瑶
书籍设计：张　卉 / halo-pages.com

书　　名：马尔特手记
作　　者：[奥地利]里尔克
译　　者：唐际明
出　　版：上海世纪出版集团　上海文艺出版社
地　　址：上海市闵行区号景路159弄A座2楼 201101
发　　行：上海文艺出版社发行中心
　　　　　上海市闵行区号景路159弄A座2楼206室 201101 www.ewen.co
印　　刷：苏州市越洋印刷有限公司
开　　本：1092×787 1/32
印　　张：8.375
插　　页：3
字　　数：132,000
印　　次：2024年5月第1版 2024年5月第1次印刷
I S B N：978-7-5321-8293-0/I.6548
定　　价：54.00元
告 读 者：如发现本书有质量问题请与印刷厂质量科联系　T:0512-68180628